NICKY&
LOU

NICKY & LOU

NATANIËL

Human & Rousseau
Kaapstad Pretoria

Kopiereg © 2011 deur Nataniël House of Music
Eerste uitgawe in 2011 deur Human & Rousseau,
'n druknaam van NB-Uitgewers,
Heerengracht 40, Kaapstad
Bandontwerp deur Janhendrik Burger & Ronel van Heerden
Tipografie deur Michiel Botha
Geset in 11 op 14 pt Minion Pro
Gedruk en gebind deur Paarl Media
Jan van Riebeeck Rylaan 15, Paarl, Suid-Afrika

ISBN 978-0-7981-5572-4

Contents / Inhoud

High Heels

I was fifteen years old when I received the first evidence of another world, a world completely different from the one I was living in. That year at school I sat next to a girl called Helette Kniesel. She had long white hair and a fully developed bosom and was obsessed with the meaning of words.

One day in class she put up her hand and asked the teacher what the meaning of 'parent' was.

A parent is a person who takes care of you and shows you how the world works, said the teacher.

What if that person does not know how it works? asked Helette.

That person gave birth to you and is a figure of authority, said the teacher.

Rabbits give birth, said Helette, Are they figures of authority?

Yes, said the teacher, In the rabbit world.

The next day Helette put up her hand again.

What is a Spanish dancer? she asked.

What is wrong with you? said the teacher.

A Spanish dancer, said Helette, Is it a Spanish person who dances or a person who does Spanish dancing?

Both, said the teacher.

Does that mean two different things can be the same? asked Helette.

Sometimes, said the teacher.

Helette looked at me.

Last weekend we went to see the Spanish dancing, she whispered, Victoria Daniels who is repeating standard nine because of the baby, she has a brother who dances with them. He was born here but he is a Spanish dancer.

What do they do? I whispered.

The women have skirts and shawls, whispered Helette, They look really angry and hit the floor with their heels like those machines that flatten the road. I don't like them. But the men are fantastic. They wear eyeliner and tight, tight, tight pants and very high heels.

Suddenly my mouth was dry.

They wear what? I whispered.

High heels, whispered Helette.

Everything around me started changing. At first I thought the sun was rising for a second time but then I looked up and saw a light bulb had appeared above my head.

My father thought it was disgusting, whispered Helette, My

mother said maybe the men's clothes got lost with all the travelling, but I thought they all looked pretty and normal.

Then she put up her hand and asked the teacher what the meaning of 'normal' was.

When something is normal, it is how it should be, said the teacher, It does not upset or scare or confuse us.

Helette put up her hand again.

Nobody's upset or scared or confused when Reverend Stephens and Jonathan's mother make the combi rock after choir practice, she said, Or when Gerry Polson throws up because his father makes him shoot animals on their holiday or when Mrs Redelinghuys buys cat food for her husband because he can't see or when Mr Neethling's shoes are wet because the sherry drips from the drawer in his desk. Does that mean it's normal?

The teacher said nothing. She just looked really tired and sent Helette to the principal, who was Mr Neethling.

I woke up in the middle of the night because my room was so bright. I looked up and saw that the light bulb was still there.

It stayed there until I was old enough to leave the house and go look for the other world. A few times I have found it, more often I have lost it. It is hard when those around you can't decide what's normal and what is not. But I will always know there's another world, a new and better one. And I will always be happy and excited because I will always be in tight, tight, tight pants and very high heels.

(from the *Aula Concert*, 2008)

Angel Food

When I was fifteen and a half years old my parents called me into their bedroom. They were sitting on the bed, looking really uncomfortable.

My mother said they were very happy that I did not have acne or mood swings like other teenagers.

Yes, said my father, that was true, but they did notice that I sometimes had small attacks of strangeness and creativity.

My mother said there were children at school who were a little bit upset by the fact that I sometimes accessorised my school uniform with jewellery and pieces of embroidered cloth.

My father said Mr Brynardt, the geography teacher, had phoned and said he too had experienced surges of creativity as a teenager and knew how it felt. If ignored it could lead to a lifelong feeling of loneliness and excessive use of hair gel or perfumed products.

My mother said Mr Brynardt had suggested that I find an outlet for my waves of inspiration. He had said that if I regularly came into contact with things like glitter, glass pebbles and crinkled paper my urges could be controlled. My mother said she had phoned Eileen Boon and asked if I could help with the decorations for her wedding.

One week later I went to the Boons' house to find out what my duties would be. Eileen said the theme of the wedding was fresh air and everything was going to be white and light blue. She said the flower arrangements, the bouquet, the cake and the containers for the confetti were all going to be in the shape of the church roof, because it pointed upwards to the sky. She said it would be like an ocean of arrows, all pointing upwards.

Her father said it would be cheaper to just make the guests lie on their backs but in a small town that always led to pregnancy.

Then Eileen laughed nervously and touched her stomach.

She said my job would be to make the confetti containers, they would bring the paper to my house and I had to fold 150 small churches.

Three weeks later my life was destroyed. My room was filled to the ceiling with churches, I still had a hundred left to do, my creativity was not under control and I had started accessorising again. Luckily it was near the end of the year and the school had closed, but my parents were getting more nervous by the day.

And then the news came of an outbreak of disease in the area and that thousands of chickens had died. Mrs Boon was running from house to house because she needed to bake the wedding cake but there was not a single egg in town. Then somebody remembered that the mountain people had two chickens and that they would not be infected. The mountain people were a family of thin people who lived near the waterfall. They made pottery and spoke to no-one. Mr Boon had to drive up there three times before they agreed to sell him the eggs. At two per day it would take eight days before there would be enough for the wedding.

Why don't they just postpone the whole thing? asked Father.

Then mother lost her speech and mimed the words, SHE IS WITH CHILD.

Three days later we received notice that the wedding would include a short Christmas service, because there would never be enough eggs in town for Christmas cakes and what would Christmas be without cake? This meant I had to make a hundred more churches, because everybody in town was coming.

Five days later Mr Boon drove up the mountain to fetch the eggs. That afternoon a scream was heard. Mrs Boon had broken the first egg and found that there was no yolk inside, just white. Then she phoned a cousin with a college diploma who told her that eggs laid at a high altitude often had no yolks, that was part of the reason mountain people were so thin.

After that Mrs Boon screamed once more, then she put all the egg whites in a bowl and started beating them. She beat them for almost an hour while trying to decide what to do. She knew a cake without egg yolks could have no fruit or icing. She started beating sugar into the egg whites, then she added vanilla and folded in some flour. She spooned the batter into a large cake tin and placed it in the oven.

Two days later we received notice that the wedding would include a short funeral. Mr Classen had died on his couch, he had only been discovered the next day and the arm that held the whiskey could not be manoeuvred to be next to the body, so the coffin would be open. And with the current egg situation he had to be buried at the wedding, because what was a funeral without cake? That meant I had to make fifty more churches because his family was coming.

On the day of the wedding the church was packed with hundreds of people holding small churches pointing upwards. In front was a large Christmas tree pointing upwards. Next to that was the coffin with Mr Classen's arm pointing upwards and next to that the whitest, lightest, highest cake pointing upwards.

Mr Boon shook his head. A cake without icing, he said.

Shut up, said Mrs Boon.

She did not know that what she had baked was a world-famous historical recipe called Angel Food Cake, the lightest confection in the world, prepared by legendary chefs, ate by kings and princesses and believed to be the food of angels. She just knew it was the best thing she had ever done, that it was an event that brought everybody together and a day never to be forgotten.

(from the *Egg Whites & Angel Food* stage production, 2008)

Screw

On a Tuesday not too long ago, three people arrived at the office of Doctor Friedland, popular psychologist, specialist in genetics and author of the book *A Name Is Not Enough.*

Heather Heather was a primary school teacher who had seven ginger cats and no children and was part of a loveless marriage.

Marcus Marcus had dreamt of being a successful athlete but was injured at twenty and was now working for his uncle who imported clothes from the East.

Paulson Paulson was a brilliant neurologist who, at 35, was still a virgin because of his shyness, religious confusion and fear of rejection.

One after the other they told Doctor Friedland of their shame, anxiety and low self-esteem. He told each of them to go home, write down the happiest and proudest moments of their lives or those of their families and return one week later.

This is the story Heather Heather wrote: In 1947 my grandfather was twenty years old and lived with his parents in Pietermaritzburg. His mother, my great-grandmother, was a solid woman with arms like trees and a chest like a verandah. His father was a tiny little man who worked at the town hall and rolled thirty cigarettes a day.

The previous year my grandfather had worked as a delivery boy at Bonita's, a huge department store, but then he stole a gramophone record from the postmaster's wife and got fired.

Grandfather said he didn't want the record, but if you hadn't done anything wrong by the time you turn twenty, you spent the rest of your life trying to find something. He said Great-Grandmother hit him so hard, he was walking to the left for weeks.

Grandfather was still unemployed when the British Royal Family visited the town. He said everybody was working day and night, they were cleaning and painting, planting trees and flowers and renovating furniture. People were borrowing money and having new clothes made for watching the parade. There would be a band in front, then some soldiers, then the car with the king and queen and at the back Princess Elizabeth and Princess Margaret.

Grandfather said he did not have new clothes to stand next to the road with, so he sat in a tree. He said the princesses were not really attractive, so he just looked at the cars. He said when they got to the town hall there was a gun salute and then his father was supposed to ring the bell, but because he had lost so much weight from the stress, he went up with the rope but didn't come down again, so the bell only rang once. He said Great-Grandmother was boxing her way through the crowd to get to the bell tower and just as he decided to get down from the tree to go and help, he noticed the wheel of the car.

He said those were beautiful cars that came on the royal boat and the wheels had shiny spokes, but one of the screws on a back wheel of the princesses' car was coming loose. Grandfather ran to the car, kneeled down and tightened the screw. At first nobody noticed him, but then Margaret leaned over and asked him if he had a cigarette.

He told her he would get one from the bell tower, she just had to tell the others to wait, but then the guards grabbed him and people started screaming. He said they dragged him away from the car, he was trying to explain what happened, but nobody would listen. He said he screamed at Margaret to tell them about the wheel, but she just turned around and pretended to like Elizabeth.

Grandfather said he did not go home for a week. He said he had heard Great-Grandmother hit Great-Grandfather so hard he climbed back up the rope and stayed there for days. Grandfather said but when he finally went home, she did nothing.

He then told her what he did, that he saved our country from shame and the British Empire from falling, literally. Why was everybody angry at him?

Because you're a thief, she said, That's what you showed them first. It's the same with animals. They see you're a bird, they treat you like one. You cannot be something one day and something else the next.

It took my grandfather a long time to find work again, but he did, and he lived in that town, quietly and humbly. Everybody knew what he did for us and for the world, but they said nothing.

The acknowledgement came only much later. People did not know his name, but they spoke about him in ways that became part of our history and our culture. They still do.

They say, Die skroef is los.

Or, Ek gaan jou opskroef.

(from the *Coronåtion* stage production, 2009)

Marcus Marcus waited two weeks before he returned to Doctor Friedland's office. He did not make an appointment, he just left an envelope at reception. This is the story he wrote:

When I was nine years old our teacher, Miss Nita, told us we were going to have a concert to celebrate Spring. She said we were going to sing a song and all the girls were going to stand in front, because they were going to be the flowers. She said the boys were going to be in the second row, because they were going to be the fruit. She said everything was going to be white.

Then Dwight Moolman put up his hand and said the only white fruit he knew was a litchi and if he had to be a singing litchi his two brothers would never let him go home again.

Then Miss Nita said certain young peaches are also white and really beautiful. She said the white symbolised purity, peace and new beginnings.

Then Dwight put up his hand and asked her if she knew that the Klux Klax Klan in America wore only white.

Then Miss Nita said Dwight should stop sitting in the sun with his sandwiches. She said when polony sweated it could lead to hallucinations and distorted fantasies. She said it was even worse if there was margarine involved. She said there was no such thing on earth as the Klux Klax Klan.

During the first practice I stood in the middle of the second row. We sang a song called 'Polly the Peach Says Hello Hello'. After the practice Miss Nita said I should move a little bit towards the left. The next day she told me to stand at the end of the row. After the practice she told me to bend my knees so that I wouldn't be so visible. She said I was a tiny bit darker than the other children.

When I got home I started crying and told my mother Miss Nita said I was not white enough to be a peach. Mother said Miss Nita was a lonely woman who couldn't make a friend if she volunteered as a trampoline. She said the clever people in the government had machines that tested babies when they came out and they wrote on my certificate that I was white.

The next day Miss Nita told me I was not going to be a young peach at all. She said I was going to be at the back with Fergus, we were going to be the workers that watered the peach tree. Fergus was a rude boy who looked like a scratch pole because his family only took baths for funerals or court cases.

I ran home and cried again. Mother put her arms around me.

We are white, she said, We have papers. And it's not any of Miss Nita's business, but I will tell you something. Everybody comes from somewhere. You come from us, we came from our parents and they came from their parents. Except for your grandfather, he came from a boat.

What boat? I said.

Before your grandmother became a member of church, she was very adventurous and extremely friendly, said mother, So, once, when the boat came to the harbour, she was really, really friendly to one of the crew. So friendly that he came back two years later. And then she was friendly again. Now, he was not one hundred percent white. He was from somewhere. And now we all are a little bit from somewhere. It is called exotic. It makes us very special. Look how well Uncle Manny is doing business with those people from the East.

That night my mother paid slow Alfred R40 and told him to go to Miss Nita's house. She told him to wear a vest and take a bottle of wine. The next day Miss Nita's eyes were red, but she smiled the whole day. She told me I had a new part in the concert.

On the night of the performance four fat children carried me on-stage. I wore a golden crown and sat on a golden chair. I sang a song called 'The Persian Prince Says Hello Hello'. People talked for days of how exotic it was.

These days I think of that night all the time, in fact, every day as I walk into the warehouse where I work with my Uncle Manny who imports clothes from the East, fashion made with child labour, stolen ideas and fake labels.

It's against the law, I say.

The law knows nothing, says my uncle, We do this for the people. We take a bit from the rich and show it to the poor. It's like Robin Hood. And these idiots buy anything with a label, it gives them hope.

I too have hope. That one day I will know what I am and what it is called. Exotic is not good anymore, these days, if you're a whore, they call you exotic, if you use drugs, they say you have exotic habits, if you torture geese for their livers, they say you have exotic taste.

I will have a wife and we will have children. But not before I know what I am and where I should be. Until then I'll wait. Until then I'll just be a prince from somewhere.

(from the *Coronåtion* stage production, 2009)

Doctor Friedland was sitting in his office, not sure about lunch. He lifted the corner of the sandwich and looked at the tuna inside. The door opened and Paulson Paulson walked in.

We make appointments, said Doctor Friedland.

Completing this assignment has changed my life, said Paulson, I'm not coming back, but you can read it.

He put two sheets of paper on the desk and left. This is what he wrote:

When I was ten years old I came home one day and found my mother sitting with Elizabeth Nel. She was a small, wiry woman who was addicted to playing tennis although she had never been to Wimbledon and could only beat senior citizens.

You have to take him, she said to my mother, You have to take your child to God or He will strike you!

That Saturday my mother took me to a wedding. Albert Richter was getting married to a girl. He stood in front in a dark suit and pointed shoes. His hair was combed backwards and his teeth were very white, he looked like something in a magazine. Then the organ started playing and bundles of white fabric came down the aisle, it looked like a bee keeper had exploded.

That's when I realised what was about to happen. Inside the white thing was a person who was going to grab Albert Richter, take all his money and make him fat and tired and old like all the other men. I burst into tears and cried until we got home.

The next day I could hear Elizabeth Nel from the sitting room.

A wedding? she screamed, That is not the presence of God! That is a circus, a social event! Take him to a real service!

The next Sunday we went to church again. There were hundreds of people on the benches and a choir on the gallery. Candles were burning all over the pulpit, on the floor in front of it and all over the stairs.

Mother leaned over to a woman.

When did this place go Catholic? she said.

No, said the woman, It is a Singing Service.

Then the preacher arrived in a black robe and everybody started singing. They sang song after song. They knew all the words and all the tunes. I looked at Mother, we were the only people who didn't know anything. My ears started burning.

When did they learn all this? I thought, Why were we left out?

The preacher waved his arms and sang like he was begging for food. There were too many candles. First his robe caught fire and then the velvet behind him. He did not notice, nor did the choir on the gallery, they just kept singing in the flames. A year earlier I had seen a black-and-white movie called *The Vampires of Morleyville*, now it was right in front of me. I burst into tears and cried until we got home.

The next week my grandfather died. By now I was so scared of going to church that I did not want to go to the funeral. Then mother told me we were all going to wear black. I was so happy. Brown, blue and green were for children and idiots, now I could wear black like a grown-up.

At the funeral things got even better, Grandfather was lying in front in his coffin. Somebody had put make-up on his face. He looked better than when he was alive. I decided that when I grew up I would always wear a little make-up.

The new preacher was a friendly man, the previous one was still in hospital.

Dear friends, he said, We are saying farewell to a father and a grandfather.

I looked around and saw Elizabeth Nel sitting across the aisle. She was looking at me with her vicious little tennis eyes.

We know he is in a better place, said the preacher.

May the bastard burn in hell, said Grandmother, Let's go and eat.

Let us not judge, said the preacher.

He has not cheated on you, said Grandmother.

Let us forgive, said the preacher.

Fine, said Grandmother, But just him, he's dead.

Then she got up and walked straight to Elizabeth Nel.

Slut, she said and slapped Elizabeth so hard you could hear it echo.

Since then I have been back to church many times. That is where I first wore black and became an equal. That is where I watched Elizabeth Nel disappear for good. That is where I first experienced everything that my life has become. Trust and mistrust. Happiness and fear. Judgement and forgiveness. And learning all the words to all the songs. So that my ears would never burn from feeling left out again.

(from the *Coronâtion* stage production, 2009)

Friedland

The crime in this country has brought along a whole new set of social solutions. When somebody says, Why don't you pay me?, you say, I've been robbed. When somebody says, Why didn't you come?, you say, I've been hijacked. When somebody says, Why didn't you phone?, you say, My phone has been stolen. People will believe you and forgive you. But with every crime comes punishment, mostly for the victims.

Recently, while I was talking to a client, two large ladies stole the contents of my bag. After the discovery came shock, harsh words, phone calls to cancel credit cards and then the visit to the police station where they not only filled out a form, but also tested my emotional strength, character, patience, courage and faith. Spiritually broken, but grateful, I received my case number.

Next came the toughest challenge known to mankind, acquiring a new driver's licence, a humbling process that confirms the theory of other life forms, far more advanced than us. It was still dark when I arrived to join the queue that would take me to the end of all goodness. After four hours I reached the first of three counters: one for paperwork, one for interrogation and a third one because where else must that woman sit? After that I was shown to a room where I had to wait for the eye test.

Next to me sat a tall, middle-aged woman with a textured suit the colour of pain, thick stockings, medicinal sandals and a yellow fringe sculpted with a single curler and extreme heat. On her lap was a huge black bag from which the breath of Satan was rising. Every five minutes she took something from the bag and placed it in her mouth. After an hour she looked at me and spoke with a strange accent.

Do you like cheese? she said.

Yes, I said, But only with wine. After five. In the company of people wearing heels.

She put her hand in the bag.

You should try this, she said, It is made from the milk of the twisted-horn goat. You find it in only one place in the world.

I hope so, I said.

Herzgegovnia, she said.

Never heard of it, I said.

Why would you? said the woman, We have no oil, no nuclear, no movie stars. But now I'm here. I love your country.

Why? I said, We have no oil, no nuclear, no movie stars.

Yes, said the woman, But you can do anything. You can live any-where. Now I can get a driver's licence. And say my favourite word.

What is that? I said.

Penis, said the woman, In my country, you say that and you'll be dragged behind a farm animal until there's no skin on your knee-caps.

Why? I said.

Because of the soldiers and the police and the secret people. They did as much damage with that thing as with the gun. My people will not forgive.

Is that why you came here? I said.

I came here for the child, said the woman.

You want one? I said.

No, she said, I just have to make sure he's safe.

Who? I said.

I worked for a man, she said, He was one of the secret people, dangerous and powerful and full of evil. Had thousands killed, made thousands disappear, said he's cleaning the land of his fore-fathers, purifying the blood. Then he had a son and everything changed, he stopped the evil, went into hiding, cried at night and raised the boy. When the war ended, his comrades all went to court, got shot or went to jail. But he escaped and came here. I love this country, anybody can come here, no questions, no problem.

Where is he now? I said.

He lives twenty minutes from here, said the woman, Says he now wants to help people. He has an office and they come. He calls himself Doctor Friedland.

And you? I said.

I keep my eye on him, she said, He's a good father, but you never know. Evil lives in the heart, not the memory. I'm looking out for the boy, he's nine years old.

Behind the counter the eye-test woman sighed and said, Next.

Next to me the cheese woman sighed and said, Penis.

I got my licence and now I'm sitting here. And this is what I'll do. First I'll finish this story. Then I'll have a cup of tea and find a phone book. I will look up the address of Friedland and when I find it I will gather everybody I know and we will go there.

(from the *Coronâtion* stage production, 2009)

Allergy

When I was a young boy, before puberty clouded my brain and made me lustful and moody, several women had huge influences on my life and the shaping of my character.

One of them was Mrs Gagiano. She lived in the same street as us, just on the other side of an empty piece of veld. Her house was incredibly long, it sat almost directly on the street, stretching from one end of the property to the other. It was also the narrowest house in the world, sometimes if you entered too excitedly, you walked right out the back. Nobody knew why the house was built like that, it was like living in a drawing. Mrs Gagiano had a husband and children, but nobody knew where they were. My father said they were probably hunting for food because she never cooked anything that was filling.

Mrs Gagiano was busy in the kitchen every day, but she only made preserves, little cakes, dainty sweets and tiny tartlets. She wore shapeless floral dresses and pointed shoes with no heels. Sometimes she would tie ribbons to the washing line and call it a maypole. Once my mother saw us dancing and came running down the street. She told Mrs Gagiano to stop, she said boys who danced with ribbons became theatrical and developed weight problems.

Another woman who had a major impact on my young life was my piano teacher, Miss De Roode. She was very old and spoke softly with a Dutch accent. I could never understand what she was saying and cried after every lesson.

One day my mother told me it was Miss De Roode's birthday. She wrapped twelve square biscuits in paper and told me to give it to her. At the piano lesson Miss De Roode took a bite out of one of the biscuits. Then she said a Dutch word and fell forward. She lay on the floor with her eyes wide open and her tongue hanging out of her mouth. I did not know what to do so I played my most difficult piece without any mistakes, then I went home.

I told my mother Miss De Roode was lying on the floor.

It's probably the nuts, said mother, Not everybody can eat nuts.

The next day Mother baked two large caramel cakes. She put one on a plate and told me to take it to Mrs Howard's house.

I would have gone myself, she said, But Miss Jennifer is coming to visit.

Mrs Howard was a large, gentle woman with very small feet, she looked like a genie that was not completely out of the lamp. She had pale skin with pink spots on her arms and her neck. Mother said it was probably the sun, not everybody could be in the sun.

Mrs Howard opened the door and took me to the kitchen. She made tea and cut two slices of cake. Then she took a bite. The next moment she spat it out and screamed, Bastard! Then she went down on her hands and knees and roared like a lion. I did not know what to do so I put the rest of the cake on the floor next to her and went home.

Mother was sitting with Miss Jennifer. I told her Mrs Howard was roaring like a lion.

It's probably the flour, said Mother, Not everybody can eat flour.

She poured wine into a glass and gave it to Miss Jennifer. Miss Jennifer took a sip. Then she threw the glass on the floor and grabbed her chest. She started inhaling violently while her chest grew bigger and bigger. Finally she lifted off the chair and started floating through the room. I did not know what to do so I pushed her into the next room.

Don't push her into the furniture, said Mother, Make her go into the garden. It's probably the alcohol. Not everybody can drink wine.

The next day we had a huge bake sale at the church. There were hundreds of people eating and drinking. Some fainted, others gasped for air, some turned green and others started shaking.

Why are they behaving so badly? I said.

They're not behaving badly, said Mother, It's just their bodies reacting to things they should not have.

If God made the world, I said, Why would He fill it with people whose bodies react?

I don't think it's God, said Mother, I think it's the people. When people are unhappy with their lives or feel neglected or are unable to escape from their circumstances, their bodies develop allergies. It is often their only way of showing they are from somewhere else or want to be somewhere else.

I have never forgotten those words. Since that day my biggest dream has been to be from somewhere else. In the years that followed I tried everything in my power to develop an allergy. I have eaten like nobody else has, I have drunk from the cup of life and every other one. Nothing. I have sniffed, licked, sampled and sucked everything I could get my hands on. And my body has agreed with it all.

It breaks my heart, but I guess if there is one person on earth who is from here, then it's me.

(from the *Winter Show* stage production, 2009)

Penny in the Pudding

My great-aunt used to live in a large house with many chimneys, little towers above the windows and an organ in the sitting room. Although the house was surrounded by a beautiful garden filled with magnolia trees, it was a scary place with many dark corners. We only visited the house for unhappy occasions like wakes, funerals or buffets.

In the entrance hall stood a large table with carved legs and an open Bible. Above the table a huge photograph of the entire family hung against the wall. Although the photographer had screamed, Here we go! Watch the birdie! and Say Cheese! nobody had smiled. Grandfather said it was because of the teeth. Our family had the worst teeth in the world.

The one with the strangest teeth was Uncle Vernon, he looked like there was a wind blowing in his mouth, all his teeth were leaning to the left. The one with the most teeth was Uncle Victor, he had rows and rows of them, each one a different length, his mouth looked like New York at night. The one with the fewest teeth was old Aunt Veronica. She didn't lose them, her teeth just stood everywhere in her mouth with huge distances between them. We called her the graveyard. The one with the biggest teeth was Uncle Vincent. He had nothing at the bottom, just a top row of enormous off-white levers. We called him the piano.

The only one with perfect teeth was our niece, Vernise. Vernise had a set of brilliant white, even-sized teeth. The problem was her mouth. She had one of those large, protruding mouths that looked like it was approaching you while she was staying behind.

Sometimes Grandfather would make her hold a looking glass in front of her one eye and send her into the sitting room. When the children saw this big mouth with the big eye coming round the corner, they started screaming and ran to their rooms.

I love that child, Grandmother used to say, But you cannot look at her, especially if you've had alcohol.

The truth was that you could not look at anybody. So we always drank wine looking down. Grandfather said the reason ghosts didn't have teeth was that we had them.

Every Christmas was spent at our grandparents' house. Grandmother was the best cook in the world and filled the table with colourful, summery dishes. Then one year my great-aunt arrived with a large steamed pudding.

Did you burst a vein? asked Grandmother, The British put us in concentration camps and you want us to eat their food?

Before she put it on the table, Grandmother poured so much custard over the pudding, nobody could see it. Nobody said a word, but it was delicious. We ate in silence. Until there was a loud cracking noise and we looked up and saw one half of Vernise's front tooth was missing.

Oh, said my great-aunt, She got the penny.

You put money in the pudding and you don't tell us? screamed Grandmother, That child already has the mouth of death and now there's a hole in it!

That night my grandfather sent Vernise into the sitting room with the looking glass and made her whistle through the hole. The children stayed in their rooms for days.

Grandmother did not speak to my great-aunt for almost a year. Then just before the next Christmas our cousin Voster bit his opponent during a Christian boxing match and got arrested. The court ordered that his two front teeth be pulled and he be put in jail for sixty days. Grandmother cried through the night, then she phoned my great-aunt.

We can fix the teeth, she said, But I cannot cook a Christmas meal knowing that boy is in jail. I have to make that British thing and get him out.

Grandmother got the recipe, found an enormous bowl and started mixing the ingredients. Then she poured the batter into a large glass bowl and placed it on top of a saucepan with simmering water. Just before she covered it, she dropped a screwdriver in the batter.

Grandmother had just left the kitchen when grandfather came in, opened the pudding and dropped a knife in the batter. Two minutes later Uncle Vernon entered and dropped a small pistol in the batter. Three minutes later Uncle Victor entered with a file and a small bomb. Four minutes later Aunt Veronica entered and dropped her husband's revolver in the batter.

On Christmas morning our whole family arrived at the jail with a large steamed pudding. The pudding was so heavy it had to be pushed on a wheelbarrow.

I don't know what went wrong, Grandmother kept saying, I just doubled the ingredients.

Every metal detector in the building went off as we entered. Grandmother looked at the guards.

There's a penny in the pudding, she said, It's Christmas.

She looked really, really sad. The rest showed their teeth and Vernise whistled softly. The guards went to fetch Voster. We all cried and hugged him and looked at his gap. Then we gave him the pudding.

The day after Christmas 52 prisoners escaped.

Grandmother said she didn't feel guilty, she knew it was the right thing to do. She just didn't understand how so many people could get out with one screwdriver.

And every Christmas after that she made steamed pudding. She just changed the ingredients, so it wouldn't be British. And she never put money in. We had bad enough teeth already.

(from the *Room for Dessert* stage production, 2009)

It was Christmas day and I was having lunch in the garden with my family.

These trees are lovely, said my mother, And all the birds! I can't believe we're in the city.

Yes, I said, But sometimes I think I should sell it all and move to a small town.

Oh no, said my mother, A small town will kill you, none of us can go there, it's not in our blood.

But it's peaceful, I said.

We were not made for peaceful, said my mother, Look at you! What do you want with peaceful?

But you just said these trees are lovely, I said.

Trees are lovely in a city, said my mother, In a small town they're just part of all the nothing; there's nothing, people just eat and die.

I said, But surely they don't have all the stress we have.

Of course they have stress, said my mother, They think, What will become of me? I'm surrounded by nothing. Then they eat and die.

But I can still work, I said, I can still travel, I just live there.

It's not in our blood, said Mother, Fish don't sweat, we don't live in small towns, that's how it is. Those who do otherwise will not survive.

Like who? I said.

My grandfather had a brother who tried living in a small town, said my mother, We don't talk about it, but his name was Clementine.

Isn't that a girl's name? I said.

It is the name of a fruit, said Mother, He never had a chance. People with food names are not successful. History has never been made by somebody called Peach or Cupcake.

What happened to him? I asked.

Nobody knows, said my mother, He disappeared. Not even that woman who wrote the book mentioned anything.

It was true, a book had been written about our family history. It was written by a very old lady who lived in Somerset-West. I found her number, prayed she was still alive and phoned her on the 2nd of January.

My great-grandfather had a brother called Clementine, I said, Why was he not in your book?

Oh, said the old lady, That whole business was too sad, certain things you just leave out. But I did write a few pages about him, my son is a dentist, he can fax it to you.

Two days later the dentist faxed me 'The Tale of Clementine'.

On Page One it said that he was the youngest of five children who lived with their extremely poor parents in a house with only two rooms. Despite all their hardships he was an outgoing young boy, a real show-off who knew many songs and jokes. He regularly got into trouble at school, which he then had to leave on Page Two. He started working at the butchery and later at the furniture shop. The money he earned was spent on flamboyant outfits and never to help his family, which he then had to leave on Page Three.

At the bottom of the page he arrived in a nearby town and found work as the butler and chauffeur of a wealthy businessman. By then a charismatic young man, always wearing black, he won the heart of the businessman's daughter who embroidered the word Clementine on a pillowcase and appeared in his room at twelve o'clock one stormy night to present it to him.

On Page Four she slapped him twice and screamed hysterically that she was pregnant and had to go to England. The businessman made Clementine promise he would never return to that place again and paid him a large sum of money, which ran out on Page Five.

After many jobs in many towns, love affairs with tragic endings and financial schemes gone wrong, Clementine finely ended up on the street. Desperate, he stole a bicycle and rode into the countryside. It was a long journey and only on Page Seven he arrived late one night in a small town and knocked on the door of a small inn.

A thin man opened the door and looked at Clementine with his black coat and his black bicycle.

What is your name, stranger? he asked.

Clementine knew that his name had brought him nothing but trouble.

Call me Father, he said.

Finally! said the thin man, They sent us a priest!

He ran down the street screaming, A priest! A priest!

For days Clementine was wined and dined. They brought him gifts, food, flowers and new coats. They showed him his house and all his furniture, his books and gramophone records. They showed him the site where they were going to build the church. They queued for days to make their confessions, they brought their children to be baptised. Clementine married the young and buried the old. He organised a choir, raised money to build the church and shipped an organ from the Netherlands.

The night before the unveiling Clementine was pouring himself some wine, when there was a knock on the door. It was the mayor, holding a letter.

He's coming tomorrow! he said.

Who? said Clementine.

The bishop! said the mayor, He's coming to see the church! All because of you!

The next morning Clementine was gone. Nobody saw him again. Some say he died on the road, on his way to give the last rites to an old man. Others say he lived in another town for many years. Nobody knew. The story ended right there on Page Eight.

There was one more page. I don't think it was meant for me. It said, Dear Mrs Buckley, I find it hard to believe that you would spend fifty thousand rand on a facelift but complain about a few hundred rand for work done in your mouth. White teeth remain the gateway to youth and social interaction. If, as a gesture of kindness, you decide never to smile or speak again, let it be so. For your health, however, please floss. Your dentist.

(from the *Cathedral* stage production, 2010)

Too Big

My mother has a cousin who has a daughter who got married the day after Christmas. My mother said although we were all adults, we should go to the wedding, it was always a lesson in life.

The wedding was held on a farm. The farm had a house and the house had a porch. On the porch were 24 chairs, two vases with dried flowers, a very small wedding cake and grey ribbons. The bride and groom were also wearing grey.

I sat next to a woman who was crying into her handkerchief. My mother said we were related in a complicated way.

Isn't this moving? said the woman.

I said, Why is the bride wearing a sweater and a skirt? And in grey?

To blend in with the concrete, said the woman, It's in honour of her father.

Is he dead? I asked.

No, said the woman, He's just not here. That's why there are 24 guests. With the couple and the preacher and the help we are 29. Thirty are too many, we'll get noticed.

By whom? I said.

We don't know, said the woman.

That's why I live in the city, I said, This is too strange.

The woman dropped her handkerchief.

Oh no, she said, A city will kill you, none of us can go there, it's not in our blood.

At least it's normal, I said.

We were not made for normal, said the woman, Look at you! What do you want with normal?

I said, It's fun to have a wedding with lots of people and a bride in a beautiful white gown.

It's not in our blood, said the woman, We don't say gown and we don't live in the city.

The woman pointed at the bride.

Her father lived in the city, she said, His name was Pluto.

Isn't that a dog's name? I said.

It's the name of a planet, said the woman, He never had a chance. He was a lawyer and he worked at a large company. Then his sister got married. It was an elaborate city wedding, with a large cake and hundreds of people, it was held on the roof of a large building. His sister got a famous designer to make her a dress, a huge white thing. When Pluto found out, he got very afraid, he told her not to wear that thing, he said it was too big, it's too dangerous, but she said it was her dream.

All brides dream of big white things, I said.

Not for long, said the woman, At the wedding the weather got bad, it didn't rain, but there was lightning and it hit a TV dish on the next building and then it bounced and the next white thing was the bride. They say it was just a second and then she looked like a tree trunk. And then the wind came and blew all her ashes away, like she was nothing.

That was a freak accident, I said.

No, said the woman, That is not what Pluto said, he said he had warned her, he said it was too big. He said the universe worked in a certain way, we were not alone, there were other things out there, and we should not disturb them. He said that was why all the trouble in the world got more and more, because we didn't live like we should. We make everything too big, the cities, the buildings, the weddings, the cakes, the dresses. He said big things attract other big things and we're too small to handle that.

What happened to him? I said.

He never slept after that, said the woman, He wrote letters to the papers and to the government. He went to building sites and told them to stop, he waited at weddings and begged the brides to wear something smaller, but they did not listen. And then came all the disasters with the big buildings, in America and in the East, aeroplanes and earthquakes. And the world nearly stopped. Pluto said he knew it was coming, it had to happen.

Just then the grey bride brought us grey cake.

You look lovely, I said.

The woman put her slice in her handbag.

After that Pluto got worse, she said, He said we were heading for the end. He couldn't stop the buildings, but he tried to stop the brides. He said you couldn't have children with something that was noticeable from outer space. One night he took a chainsaw and broke into a boutique and sliced all the wedding dresses in half.

And then? I said.

He's up for parole in two years, said the woman, They'll have to bring him straight here. He won't make it anywhere else.

Then she held out her handbag and I put my cake in.

(from the *Cathedral* stage production, 2010)

A Great Building

Whether good or bad, whether by intention or default, it is our families who shape our lives, who in the very first years of our lives turn us into the kind of people we will be. And my great love and admiration for timeless and impressive buildings was given to me by my family.

My mother has a sister, a cousin, and a best friend who – each at a different time – taught me the secret of a truly great building, not the architecture, the style or the period, but the possibilities it holds for those who need it.

My mother's sister was a quiet woman who was married to a large, rude man. My mother said she could never understand how somebody can have such good taste in clothes and then choose a man like that. At one point my aunt did try to poison him, but he just developed a skin condition, so after that he was large, rude and red.

When I was twelve years old we went to Cape Town one day for my aunt's birthday. After we had lunch my mother said we should drive to the beach for fresh air, but my aunt said she wanted to go to the city library, it was her favourite building. I did not want to go to the beach, because my mother would make me take off my shirt and then other people would try and guess what I was, so I ended up going to the library with my aunt and her red, rude husband. It was a huge building with marble stairs and very tall windows.

Let's go to the religious section, said my aunt.

For what? said her husband.

I think it will be the best, said my aunt.

For who? said her husband.

You have to be really, really quiet, said my aunt.

The religious section was filled with priests and nuns and preachers and rabbis and students. They sat at long tables and read very old books. My aunt made us sit down. Then she leaned over and whispered in my ear.

Tell your uncle I'm moving out this week, she said.

I leaned over to him and spoke into his red ear.

She says she's moving out, I said.

He looked at her and then at all the religious people and said nothing.

My aunt whispered in my ear again.

I leaned over to him again.

She says you're a pig and even if she was a farmer she wouldn't come near you, I said.

He opened his mouth.

You have to be really, really quiet, I said.

And then the pig stood up and walked out without a word. The next day my aunt moved in with us.

Two years later we all went to Cape Town for my mother's best friend's birthday.

Why did your husband not come? asked mother.

He has his reasons, said her best friend.

Well, it's your birthday, said Mother, As a special treat you have to choose your favourite place and then we'll all go there.

Then we have to go to the cathedral, said her friend, It is the prettiest place in the whole city.

So we all went to the cathedral. There were many tourists, praying people and nuns. It was very quiet. We all sat down in one of the rows and looked at the huge windows. Mother closed her eyes. Just then her best friend leaned over and whispered in my ear.

I leaned over to Mother.

She says you mustn't open your eyes now, but she's living with a woman.

Mother grabbed her chest and nearly fell off her chair.

Her friend whispered in my ear again.

I leaned over to Mother again.

She says she's never judged you for any of your choices, I said.

Mother opened her mouth.

You have to be really quiet, I said.

We drove home in silence and nobody said one word again about living with a woman.

Many years later I travelled to France and met my mother's cousin. She was a lively woman with a lazy eye and fantastic shoes. She was married to a tiny Frenchman who played the flute in an orchestra and never smiled. They invited me for coffee and he took me to the Louvre. We quietly looked at hundreds of paintings until we arrived at the Mona Lisa. There were hundreds of people, tourists and nuns, and it took a long time to get to the front.

My mother's cousin leaned over and whispered in my ear.

I leaned over to the Frenchman.

She said she's sleeping with a much younger man, I said.

The Frenchman pulled his lips tight.

The cousin whispered in my ear again.

I leaned over to the Frenchman.

She says he's from Nigeria and he can smile and you and the Mona Lisa can both go and do you know what.

He did not say a word, but to this day you can see the nail marks just to the right of that famous artwork.

Many years later I understood the magic of these timeless and majestic buildings. From the West to the East. Structures that took centuries to build, that cost generations of workers their lives, that were built to show the power of the rich, the royal, the religious and the corrupt. And now after all this time they are there for us, so we can go there and tell people the truth. And they will be quiet. Or at the very most just say, Oh.

(from the *Cathedral* stage production, 2010)

When I was fourteen years old, Jim Morrison appeared to my grandfather in the storeroom one Tuesday afternoon at 4:30. It was called the storeroom, but it was more of a garden shack filled with seed potatoes and bottles and bottles of cheap wine that my grandfather drank between meals.

Jim Morrison had no hands or feet and was hovering above the potatoes. Grandfather said you could see right through him. He told Grandfather he could not rest in the afterlife because of his guilt. He said he never wrote 'Light My Fire', he stole it from a boy who sold him sleeping pills, Grandfather should go to the radio station and tell the world.

Grandfather waited until late that night before he told Grandmother.

It's a miracle, he said.

It's indigestion, said Grandmother, All people with too much alcohol in their bodies see ghosts in broad daylight.

Say what you want, said Grandfather, Tomorrow I'm going to the radio.

Please do, said Grandmother, The world has been waiting for an old man who sweats white wine to tell them the truth about Jim Morrison.

Why can't you believe in a miracle? said Grandfather.

I do, said Grandmother, It's a miracle you still have a liver.

Say what you want, said Grandfather, Just because your sister's knees turn blue the day before it rains, you think my side of the family is not good enough for a miracle.

That night, like many others, they slept in separate rooms, snoring like two dragons after a long war, neither of them suspecting a real miracle was about to happen.

In the world of large or overweight people there are two kinds. One kind is large from top to bottom, the other kind has only one body part that is large. Our second cousin, Suzette, was one of those people. Everything about her was normal except her legs. She had the thickest two legs on earth. She looked like one of those circus people who walked on petrol drums.

To control the unnecessary trembling of those two gigantic thighs, she wore nylon pantyhose every day of her life. When she had to walk fast, she wore two pairs. You could hear her thighs rubbing against each other from 100 metres away, swish, swish, like soldiers marching through mud. The real problem was the friction. Each time Suzette gave more than ten steps, the nylon would heat up and become static. Drawers would open and doorknobs would turn. Small pieces of paper, coins, screws and other metal objects would lift from the ground and fly up under her dress. When she sat down, the pantyhose would become less magnetic and objects would start falling from underneath her dress. We could never wait to see what her crotch would release next. One Christmas we picked up a hamster and a radio that could get signals from the police.

Grandmother always said if that girl climbed a mountain, she could suck up a small town. Once we pushed her down the street on a bicycle and her legs moved so fast that her pantyhose made sparks. But that was not the miracle. That happened to Suzette's mother.

Aunt Cilla was my grandmother's cousin, and like her daughter, Suzette, she also had one large area. She was overweight under her arms and looked like those fat people whose arms hung like dead flowers from a vase. They always look like they're saying, I don't know.

One night we were all together for somebody's birthday when Suzette's father phoned and said we should come to the house because every time they turned off the lights, Aunt Cilla started to glow.

It's radiation, said Grandmother, She sits too close to the TV and she watches the food go around in the microwave. Once, when she opened her umbrella, voices came from her blouse.

Say what you want, said Grandfather, It's a miracle. She had been chosen.

We all drove to the house. Suzette came running swish, swish through the front door.

She's in the bedroom! she screamed.

We all ran to the bedroom. Aunt Cilla was standing in the corner.

Switch off the lights, said Grandfather.

Aunt Cilla's husband turned off the lights. For a moment everything was dark. And then Aunt Cilla started glowing, light green like the sign above the petrol station. Grandfather fell to his knees.

Did you see him? he asked.

Yes, said Aunt Cilla, I danced with him.

Who? asked Grandmother.

Jim Morrison, said Grandfather.

Grandmother turned the lights on.

Phone the doctor, she said, Jim Morrison doesn't make people go green.

We all sat in the sitting room. Suzette's crotch dropped a stapler and a small torch. Finally the doctor came out of the bedroom.

It's yeast, he said, Too much bread, too many doughnuts, too many buns. It builds up until the mould turns you green.

On the way home Grandmother sighed.

We all want a miracle, she said, Sometimes it never comes, some-time we miss it, sometimes we have no more patience. That's why we drink, that's why we eat, that's why we hold our breath.

Two weeks later Grandmother lifted from her bed and floated in the air. Grandfather said it was a miracle. The doctor said it was gas.

(from the *Songs for August* stage production, 2010)

Microwave

Just over a year ago, after a very attractive person had moved into my neighbourhood, I decided to become more active in my community. That meant delivering cakes to new neighbours, dressing more provocatively and standing in front of my house for hours. This did not prove to be as rewarding as I had expected, but I decided not to give up too soon.

One night, two weeks before Christmas, just before my dinner guests arrived, I discovered that there was no fresh milk in the house. I grabbed my bag and jumped into my car.

Every person on earth carries something with him, whether it is a small purse, a bunch of keys, a bag, a weapon or just guilt. I carry an enormous leather bag with me at all times. This bag contains everything I might need, from documents to medication to cologne to scissors, notebooks, measuring tapes, a camera, a phone, sunglasses, powder, stationery, a few magazines and enough cash to go straight to the airport in times of political instability. This bag goes everywhere with me, to work, to social gatherings, restaurants, weddings or funerals.

Two blocks from my house I stopped in front of the garage and grabbed my bag. Just as I got out of the car, I noticed two men wrestling with each other in front of the ATM next to the little shop. For a few seconds I was wildly excited, but then I realised that this might not be happening with mutual adult consent and that it was my duty as an active member of the community to interfere. I immediately stormed towards the violence.

Which one of you is the criminal? I screamed.

No-one answered, they just continued wrestling. I decided to hit them both and raised my bag. The first blow hit the one closest to me. He fell forward but quickly got up and started running away. I faced the second one. He was out of breath and sweating and looked at me with bewildered eyes, which made him really attractive in a rustic way.

Guilty or innocent? I screamed and raised my bag.

He took my money! screamed the man. He started crying.

Please don't cry, I said, I'm expecting guests.

I was attacked, said the man.

Well, at least it was in a friendly neighbourhood, I said, It could have been much worse. Why didn't you go to the bank? This is a facility for unorganised people.

It was supposed to be a surprise, said the man, I saved for months. It was supposed to be the perfect Christmas.

What makes Christmas perfect? I said.

A microwave oven, said the man, That's all my wife ever wanted, she talks about nothing else. We don't have a lot of money.

At that moment I was overwhelmed by great sympathy.

We'll keep it a surprise, I said, Take off your clothes and hose yourself down over there, I'll keep watch. Then I'll go inside and get the money, the manager knows me.

Thank you, said the man.

No, I said, Thank you for making me a better person.

Finally I walked into the little shop, bought milk and got the money. Outside the man was waiting for me. He was dripping with water.

Sorry, he said, I don't have a towel.

Usually you don't need one to withdraw money, I said. I handed him the cash. At that moment I could think of nothing better than starting a festive season by handing a wet man money for a microwave.

I'll give you my address, said the man, You can stop by anytime. Then you'll see I was not lying.

It is not in my character to spy on people, but a few weeks later I stopped in front of his house. It was a small house in a neighbourhood you would only dream of if you ate red meat late at night. I got out. He was standing in front of the house. He was out of breath and looked at me with bewildered eyes, which made him really attractive in a rustic way.

What is wrong? I said.

I thought a microwave would make everything better, he said, That it would make the kitchen look nice, that it would give her time to do other things. Now everything looks bad, it smells bad, it's too hard or too runny or too hot or too ugly. She buys only ready-made meals, which we cannot afford. We never talk, we never sit at the table, we never eat from plates.

Appliances have destroyed many lives, I said, But it's not their fault; it's that of the people who use them. It's the same with cellphones and TV sets; when things that should make life better start controlling it, the fault lies with those who use them.

You are very wise, said the man.

It doesn't matter, I said, Go inside and put the microwave back in its box. Save your family.

The man turned around and opened the front door.

And the moral of the story is this: Whenever you witness a crime, don't ask questions, don't give money. Just help them or hit them. It is always the greatest gift.

(from the *Knowing Your Microwave and Other Magical Moments* stage production, 2010)

During my entire youth my family went to the theatre only once. After Aunt Hayley's husband had left her, my mother said all the grown-ups should go out together to lift my aunt's spirits. So they sent Uncle Chris to Cape Town to buy eight tickets for *Showboat*. My mother said the show was timeless and uplifting. She said all the singers wore long skirts and nobody in a long skirt ever got divorced.

Uncle Chris was a very nervous man and when he couldn't find parking in Cape Town he had a short black-out. When he woke up he couldn't remember the name of the show, so he bought eight tickets for a show called *Hey Hey Napoleon*.

On the day of the show everybody was dressed by lunchtime so that they could get to the theatre early enough to find parking. Once they got there they realised they had tickets for a different show. Mother was very angry, but decided they should go to the wrong show because they were doing it for Aunt Hayley. It took them a very long time to get there because Uncle Chris blacked out three times. Mother said she couldn't imagine why anybody would call a theatre The Sweating Stallion and then put it in such a dangerous part of town.

The next day everybody was really quiet. When I asked how the show was, nobody said a word. Mother had a migraine and stayed in her room for two days.

Later Aunt Hayley said it was a strange place, there were only men and they were all wearing vests. Because of her faith she never used the word nipple, so she said the man who took their tickets had a ring through his left antenna. She said the show was nice, but she didn't know where they got their facts from, she didn't think Napoleon would call his ship The Floating Muscle and the French anthem was not called 'Ride Me Home, Buddy'. She said at the end of the show the Russians came and stole all their uniforms, so everybody was naked. She said Uncle Chris blacked out when they bent over for applause.

I got really excited when I heard all of this and asked my mother when I would be old enough to go to the theatre. She said when I was ninety or dead.

Two days later Aunt Hayley came to our house again. She said Nicky had not said one word since they'd been to the theatre. Nicky was her son and had been living with her since he got separated from his wife. He was an accountant and wore suits. He was not pretty or even attractive, but I thought he was special because he was the only one in the family who had a fringe. It was long and blonde and could move. He had gone with the grown-ups to see *Hey Hey Napoleon*.

Aunt Hayley said the day after the show he threw away his glasses. She said he was allergic to contact lenses and now he was bumping into everything. She said he had walked through a sliding door at the office and was covered in bandages.

He misses his wife, said Mother, Men don't know how to be lonely.

No, said Aunt Hayley, He said he never wanted to see her again, he said he wanted his freedom.

Two days later she came running into the house again. She said she needed something relaxing like soft music or a sherry. She said she had gone through Nicky's cupboards and found a Speedo. Then Mother said she would like a sherry too.

What does he want a Speedo for? said Aunt Hayley.

He wants to attract his own kind, said Mother.

How can he attract anything? said Aunt Hayley, He can't see!

Did you speak to him? said Mother.

I did, said Aunt Hayley, He said he wanted his freedom. Then he went into his room and cut all the sleeves off his suits.

They will fire him! said Mother.

The next night Aunt Hayley brought Nicky to the house. He was wearing a blue suit with a shirt and tie and no sleeves. I thought he looked fantastic.

They fired him, said Aunt Hayley.

I told you! said Mother, How will you live? How will you buy new glasses?

I don't want new glasses, said Nicky, I don't want to see a world where everybody looks the same.

Why not? said Aunt Hayley, What makes you so special?

Everything, said Nicky, That night at The Sweating Stallion I saw how happy the people were because they were being themselves. I just want my freedom.

I'll get the sherry, said Mother.

Two days later we came home from the shops. Aunt Hayley was sitting in the kitchen.

I love my son, she said, I told him it would not matter if he was affected.

Mother put the groceries down.

What did he say? she asked.

He said he wasn't affected, said Aunt Hayley, He just did not want to look like the rest of the world. Then he went to his room and put gel in his fringe. Now he has two broken legs.

Was he attacked? said Mother.

He walked in front of a bus, said Aunt Hayley, He can't see.

(from the *Combat* stage production, 2011)

Two weeks after Nicky had walked in front of the bus, Miss Bloom came to our house and told us Lou Heydenrych had to go to the hospital and because he was too big to get through a door, they had to break him out of the house. She said they were going to break down his bedroom wall and the front wall of the house and everybody was going to be there. She said an event like this took place only once in a lifetime and we should close the street and have a bake sale to raise money to buy new jackets for the school choir.

Lou Heydenrych was the same age as me and we used to be in the same class until we were fifteen years old. That was when they opened the first take-away restaurant in our town. Lou was addicted to comic books, he had hundreds of them in his room and spent all his time looking at them. He said the Americans were the best people on earth because they had superheroes and Richie Rich and Buicks and the Kennedys and that's why they ruled the world. When the take-away opened he said that was how the Americans ate and he went there every day. He refused to eat anything else.

Within six months he was as big as a cupboard. Miss Bloom decided to go and talk to his parents, but when she got there she saw they were also as big as cupboards. By the end of that year Lou had to sit in front of the window because he smelled like cooking oil. He had to use two desks and could hardly walk. The next year he did not return to school. We heard he could not leave the house. His big parents worked during the day, so they did not have as much time to eat as Lou had and could still move around. Later we found out Lou was spending all his time in bed and was so big that he couldn't hold his comic books anymore, so he just ate. Although his parents were worried, they felt sorry for him and bought more take-aways.

Finally he had to be hospitalised. Miss Bloom asked if I would help with the bake sale, because I could add up very fast. Three days later we were all in front of the Heydenrychs' house. There were demolition workers with overalls and helmets, a machine with a huge metal ball, a removal truck because Lou wouldn't fit into an ambulance, a crane, a wagon with wheels and hundreds of people. I stood behind the cake table with Miss Bloom and three other ladies.

Who's going to eat cake while watching what it does to you? said Aunt Hayley.

We have pies too, said Miss Bloom, And there are people on earth who eat in moderation.

Yes, said Mrs Patrick, But how would it make poor Lou feel?

He's going to be traumatised, said Miss Bloom, He won't know we're here.

Why are they taking him away? asked Mrs Patrick, Why don't they put him on a diet?

It's too late, said Miss Bloom, His mother said his stomach was making more noise than ever. She said the stomach had always been active but since last week they could hear the rumblings above the TV. And their display unit started trembling.

We should get umbrellas, said Mrs Patrick, If he explodes there will be half-digested onion rings from here to the highway.

Three large people walked up to the table.

Do you have caramel cake? asked the largest one.

Have you ever heard of a heart attack? said Aunt Hayley.

We are adults, said the person, We make our own decisions.

We have pies, said Miss Bloom.

We'll take nine, said the person.

Just then somebody blew a whistle and all the demolition workers stood in a row.

I love their uniforms, said Aunt Hayley.

Yes, said Miss Bloom, There's a uniform for every occasion on earth, except for the greatest battle of all.

Which one? said Mrs Patrick.

The one against weight, said Miss Bloom.

Then the metal ball hit the front of the Heydenrychs' house. Everybody screamed and clapped their hands. Finally the dust settled. The front wall was gone. We gasped.

Aunt Hayley grabbed her chest.

The poor people, she said, Their furniture is brown.

Just then the ball hit the house again. When the dust had settled, we saw the bedroom wall was gone. We gasped again. On a wooden structure, under a mountain of blankets, was Lou. He was as big as a traffic circle. Instead of arms he had two pink balloons with tiny hands at the ends. He lay motionless. Then his stomach rumbled and we all gave a few steps backwards.

The poor child, said Mrs Patrick.

Nonsense, said Aunt Hayley, He had a great time eating all that food. He did what we can only dream about. All we want to do is eat or drink or smoke or shop or copulate, but we're too scared of the consequences. If you know there will be consequences and you still want to do it, you should enjoy it. When you are prepared to die for something, it means you love that thing. But we do nothing. We are filled with fear and guilt.

Look! said Mrs Patrick.

In the bedroom Lou was slowly turning his head. He opened his eyes and looked around until he saw me. He looked me straight in the eyes. Then he took a deep breath.

I smell pies, he said.

(from the *Combat* stage production, 2011)

Fluit

Aan die begin van die twintigste eeu was daar in hierdie land min geld en nog minder werk. Mense het swaargekry en so het baie mans die huis verlaat en gaan werk op die paaie, op die trein- spoor of op die plase. Dit was dikwels koud en eensaam en daar is maar gelê waar daar warmte of asem was. Die land was besaai met buite-egtelike kinders, duisendes was verlate en verstote, ander is sonder 'n woord grootgemaak saam met die wettiges. Aan my ouma se kant van die familie was daar 'n skare halfsusters, stief- broers, steelsusters, optelbroers, aangenomes en wesies.

Tydens my jare as musiekstudent het een van my ouma se half- susters gewoon in die woonstel reg bokant myne. Sy was 'n ou- jongnooi en was besig met Deel 4 van haar lewe. Oor Deel 1 het sy nooit gepraat nie. Ons het vermoed daar was 'n verbreekte ver- lowing en moontlik 'n tydjie by 'n sirkus. Sy kon baie saggies en baie hoog deur haar tande fluit en enige troeteldier, straatkat of eekhoring hipnotiseer tot gehoorsaamheid of 'n toertjie.

Deel 2 van haar lewe het sy deurgebring as sendeling in Morgen- ster. Daar is sy en 'n paar ander barmhartiges een nag oorval deur terroriste en met masjiengewere aangehou. Sy sê sy was baie ge- spanne en boonop was die een se ogies baie na aan mekaar, toe't sy saggies begin fluit. Die terroriste het dadelik elkeen 'n toertjie uitgevoer en toe op 'n ry gaan sit.

Net daarna, tydens Deel 3, het sy vir 'n paar jaar om die wêreld getoer en broodjies versamel. Dit is tradisie dat elke passasierskip se sjef sy eie ontwerp het vir ontbytbroodjies: 'n swaan, 'n hasie, 'n lelie of 'n anker. My ouma se halfsuster het elkeen van hier- die broodjies in 'n servet toegedraai en in haar vertoonkas kom uitstal. Dit was 'n ongelooflike versameling en ek het jare later 'n artikel daaroor geskryf.

Tydens Deel 4 werk sy halfdag by 'n dokter, is aktief by die moedergemeente asook 'n leesgroep en nooi my een aand 'n week vir ete. Dié ete het bestaan uit 'n ry verbysterende bestanddele waaruit ek iets moes optoor. Goedkoop en gesond, dit was die reël.

So sit ons een aand met 'n roerbraai wat heerlik sou wees sonder die lukwarte. Ek kyk na die vloer.

Ek weet wat jy dink, sê sy, Onthou net, as jy vra, vra ek.

Ek het haar altyd gevra hoekom het sy nie 'n mat nie, dan het sy gevra hoekom het ek nie 'n meisie nie.

Ek dink niks, sê ek.

'n Mat is die vieslikste ding wat jy kan kry, sê sy, Het jy 'n idee hoeveel stof, kieme, hare, siektes, goggas, koppiespelde, rofies, as en skilfers in daai ding wegkruip? 'n Masjien help niks, daai goed sit. En wie wil sy lewe deurbring op 'n harige ding, siesag. En jy kan niemand hoor aankom niè. Hulle bekruip my nie weer nie.

Enigeen wat sy lewe lank alleen is kweek gewoontes en vestig roetines wat teen Deel 4 onmoontlik is om te buig of te breek. So beantwoord sy eendag drie vragies reg by 'n kermis en wen 'n make-over by De Wets. De Wets was 'n vreeslike groot afdelingswinkel met 'n wye verskeidenheid huisware wat alles gelyk het of dit te lank op 'n trok was. Haar make-over bestaan uit 'n blou mat, Venetian blinds en 'n koperflamink met plek vir twintig sleutels.

My ouma se halfsuster is histeries, sy soek nie mat of mens in haar woonstel nie. Maar as jy swaargekry het tydens Deel 1, sê jy nie nee vir 'n geskenk nie.

Ek wil nie ondankbaar wees nie, sê sy. Maar watse regdenkende mens sit blou goed in 'n plek?

Ek sê, Die polisie. Gee dit vir hulle.

Is my prys, sê sy, Mens moet hom net oprol.

Op die dag van die aflewering luister ek musiek in my kamer toe sy hard aan my deur klop. Ek maak oop.

Jy moet kom, sê sy, Hy wil nie uit nie.

Ek sê, Wie?

Die man met die mat, sê sy, Daar was lanklaas 'n vreemde deur my deur.

Ek sê, Was Tannie gespanne?

Baie, sê sy.

Ek hardloop op met die trappe. In haar gang lê die mat, opgerol met 'n knop in die middel. Ek loer in en sien twee voete.

Ek sê, Het Tannie gefluit?

Toe hy buk, sê sy.

Hy doen 'n toertjie, sê ek, Tannie moet hom laat ophou.

Ek weet nie hoe nie, sê sy, Party hondjies vat 'n week.

Ek loer by die anderkant in.

Kom uit, Meneer, sê ek.

Die man glimlag breed. Ek vryf oor sy kop.

Dit was baie goed, sê ek. Jy kan nou ophou.

Hy gaan nog lank lê, sê my ouma se halfsuster, Bel vir De Wets.

Ons wag 'n uur. Ek voer die man koeldrank en vryf oor sy kop. Hy glimlag sonder ophou. Uiteindelik staan 'n vaal vrou voor die deur. Sy het gevangenishare en dooie oë.

Waar's die vark? vra sy. Ek wys na die gang. Sy gee die mat 'n skop en loer in by die kant.

Hoe voel dit? skree sy.

Die man glimlag breed.

Wat sê jy nou? skree die vrou, Hoe gaan jy ons nou verrinneweer? Hoe gaan jy ons nou rondstoot en uitkryt? Hoe gaan jy ons nou vloek, jou vullis!

Sy gee hom nog 'n skop en kyk na my.

Hoe kry julle hom so?

Ek sê, Hulle raak so as die tannie fluit.

Hoeveel kos dit? vra die vrou, Antie moet vir hom doodfluit. Dag en nag ruk en pluk hy aan my en die kinders. Ons lewe nie, as hierdie gemors by die huis kom, moet ons wegkruip.

Sy loer weer by die mat in.

Hierdie antie gaan jou moer toe fluit! skree sy. Toe's sy uit by die deur.

Twee weke lê die man in die mat. Hy slaap of hy glimlag. Toe eendag begin hy wikkel en ons rol hom oop. Hy staan wankelrig op, 'n groot man met groot vuiste.

Jy moet maar mooi trap, sê ek, Sy fluit as sy skrik.

Hy's daar uit soos 'n lammetjie. 'n Maand later het die vrou kom dankie sê. Sy't geglimlag en haar hare was gekam. Sy sê hy gee nie meer probleme nie.

My ouma se halfsuster is 'n paar jaar later oorlede. Tot vandag toe het ek nie 'n mat in my huis nie. Ook niks blou nie. Maar ek loop my nog gereeld vas in varke, vullis en gemors. Groot goed met groot vuiste. En dan fluit ek. Saggies en hoog. En niks gebeur nie.

Maar ek raak beter. En eendag is eendag.

(uit die *Predicting Snow*-verhoogproduksie, 2007)

Sneeu

Daar kom 'n tyd in elkeen se lewe dat 'n vinnige oproep na sy ouer-
huis feitlik onmoontlik is.

Hallo, Ma, ek bel net om te sê ons vliegtuig het geval, maar ek
lewe darem. Ek is in 'n hospitaal op 'n eiland, hulle sê ek kan dalk
oor 'n maand huis toe gaan.

Is dit? Mamma was self die hele dag uit. So tien van ons is net
ná die biduur met 'n bussie Vishoek toe vir tee. O, hulle't daar 'n
mark wat enige ding verkoop, van daai hoendertjies wat so fluit in
'n pastei tot 'n weggooidoek vir oumense, mens wil darem seker
nou nie so 'n ding was nie.

Ma, ek kan nie lank praat nie, ek is op morfien.

Ja, Mamma ook, maar ons gaan net aan. Onthou jy vir Tannie
Kunneke?, sy bly nog altyd hier anderkant in die baksteenplek,
nou haar seun, hy's mos so half gayerig, maar hy het darem ge-
leerdheid, hy't nou 'n huis gekoop in Mosambiek, was eers 'n
minister s'n, maar daai spul het ook mos maar agteruitgegaan,
verkoop seker nou maar alles wat 'n geldjie kan inbring, ek weet
ook nie vir wat nie, hulle smokkel dan enige ding, maar die
Kunneke-kind gaan die huis nou heel oordoen en dan uitverhuur
vir wittebroodspaartjies en so meer, mens weet nou nie wie sy
huwelik in Mosambiek wil begin nie, maar so't elkeen maar sy
eie foute.

Ma, ek moet gaan, hulle gaan dalk my been afsit.

O, dit vat seker maar 'n hele tydjie om aan gewoond te raak. Onthou jy vir Tannie Rentia, sy't mos haar kussinkies laat sny, mens weet ook nou nie hoe 'n groot sukses dit was nie, sy loop nou al twaalf jaar op die kante van haar voete.

Ma!

Nou maar bel maar weer, Mamma is hier rond.

'n Vinnige kuier is nog moeiliker. So is ek in die Kaap vir 'n paar dae en loer in by my ma.

Onthou jy vir Tannie Kurney? sê sy.

Ek sê, Ma, ek kan nie al hierdie mense onthou nie.

Maar ek vertel mos nou vir jou, sê my ma, Sy woon al jare net oorkant die Suidkerk, sy't mos die twee seuns wat so orals besighede het, die oudste een het nou nie pryse gewen op skool of so gevorder dat jy vir hom wou geluk sê nie, hy's meer tegnies aangelê, koop en verkoop karre en sit heinings op, maar hy doen goed, bly in Durbanville teen 'n bult met sy vrou. Dis hulle kleintjie wat so sukkel om asem te kry. Nou die jonger een, hy't mos so 'n hangogie gehad, was 'n mooi seun, maar in die middel van 'n sin, dan loop lê die ogie. Toe kom hulle agter daai's die gesonde ogie, hy kyk net baie af, dis die ander een, die's 'n wilde oog. Blykbaar lê hy en slaap in die middel van die nag, dan skiet hierdie oog oop. Kan ook nie 'n lewe wees, so 'n storie nie, 'n kraai sal vir jou pik, dan weet jy van niks. Nou hulle ma is Tannie Kurney. En sy loop nou nie meer nie.

Ek sê, Ma, almal word mos oud.

Nee, sê my ma, Sy't self opgehou. Onthou jy vir Tannie Lynn?

Nou sy't een middag by Tannie Kurney geklop, toe gee Tannie Kurney antwoord, maar kom nie deur toe nie. Tannie Lynn maak toe self oop, toe sit Tannie Kurney daar in 'n stoel, heeltemal slap soos 'n lappop. Sy sê toe sy gaan nog praat, maar nie meer loop nie. Tannie Lynn sê sy kon nie haar ore glo nie.

Tannie Kurney sê toe sy't lank daaroor gedink, sy versit nie weer 'n voet nie. Haar lewe lank het sy haar bene stomp geloop agter mense aan en waar het dit haar gebring, haar man is weg, haar kinders het die pad gevat, haar vriende sien sy net as een iets nodig het, sy gee nie weer 'n tree nie, presies wat is die nut?

Ek sê, Dit maak heeltemal sin. Hoe lank sit sy al?

Drie jaar, sê my ma, Sy't 'n vroutjie daar wat haar help en voer en goed aandra, sy sit soos 'n sak sement. Ek dink sy's lankal spyt, sy spite net haarself. Sy sê die dag as sy opstaan sal dit net wees oor dit sneeu, dis al wat sy soek. Sy sê nie almal verstaan sneeu nie, sneeu maak toe en sneeu maak stil en hy gee vir jou mooi spore soos 'n ontdekker of 'n boodskapper. Nou wag ons maar vir 'n wonderwerk.

'n Paar maande later bel ek eendag.

Hallo, Ma, ek wil net gou hoor hoe dit gaan.

Mamma kan nie lank praat nie, sê sy, Onthou jy vir Tannie Kurney? Sy't gou 'n teetjie kom drink.

Ek sê, Maar sy beweeg dan nie.

Onthou jy vir Tannie Yvonne? sê my ma. Haar dogter het mos getrou in die Suidkerk, hier einde Mei, mens weet ook nie watse mens trou in die Kaap in windtyd nie, maar geld koop ook nie smaak of verstand nie, hulle's daar met koetse en duiwe, die wind waai dat die bruid se smile agter haar oor sit, maar hulle gooi konfetti. Toe tannie Kurney haar oë oopmaak oorkant die pad, is haar tuin spierwit. Sy sê sy staan op uit haar stoel nog voor sy kan dink, sy sê sy loop oor daai sneeu soos 'n jong takbok, al die pyn is by haar uit. Sy sê dis die witste wit, onder jou voete, in jou siel. Sy sê 'n mens wat lank genoeg bly sit, staan nooit nie weer op vir bog nie. Maak nie saak hoeveel tyd jy mors, hoe lank jy mal bly en of jou sneeu papier is of nie, elke mens hoor 'n ander roepstem en een keer in jou lewe moet jy 'n entjie agter hom aanloop.

(uit die *Predicting Snow*-verhoogproduksie, 2007)

Vrugtekoek

Koek en skoene bly nou maar eenmaal twee van die grootste vreugdes op aarde. En alhoewel die blote noem van hierdie twee plesiere uiters verskillende en moontlik hoogs ontstellende beelde by verskillende mense sal oproep, gaan dit hier in beide gevalle oor goeie smaak, ontwerp, tekstuur, kennis, ondervinding en begroting.

Dit is 'n feit dat 'n skoen meer verklik oor sy draer as sy of haar motor, adres of professionele status. 'n Skoen vertel jou 'n persoon se smaak, agtergrond, waagmoed, insig en selfbeeld. Jy kan met die intrapslag sien of iemand gereeld reis of lees, vaal of interessant is, prakties of opwindend is, 'n individu of een van die massa is, verstaan hoe alles op aarde 'n geheel vorm, suinig of vrygewig is, trots of onseker is en uiteindelik, dood of lewendig.

Keer op keer is die mensdom al geknou met dinge soos sandale, bont sokkies, kurkhakke, moleste uit rubber en, deesdae, plastiek-monsters met gaatjies. Maar elke keer het ons uit die ellende op-gestaan met 'n skerp punt, 'n hoë hak, tydlose grasie, vernuf en vakmanskap.

Dieselfde geld vir koek. Jy kan 'n slagoffer wees van geslagte se droë koek, smaaklose sponse gepleister met soet margarien, win-derige wiele wat na die hemele oprys sonder 'n sweempie geur of grasie, goedkoop gedoentes, beplak met konfyt, kondensmelk en klapper, of jy kan die lewe vier met die luuksheid van 'n klam koek, 'n verleidelike skepping van net die beste bestanddele: donker sjokolade, vars vanielje, gedroogde, ingelegde of versui-kerde vrugte, neute, skil, speserye, room en regte botter.

En soos daar geen groter vreugde in jou bestaan as wandelaar kan wees as om jou voet in 'n oorspronklike Manolo Blahnik-skepping in te gly nie, is die kroon van elke koekvurk natuurlik 'n snytjie vrugtekoek. Maar tragedie is deel van ons bestaan en vir duisendes bly hulle ondervinding van vrugtekoek 'n blommetjiesgraf op 'n bruidstafel of 'n ligblou meulsteen by 'n doop.

Dit is dus my roeping op aarde om elkeen wat weens 'n nare ondervinding, swak opvoeding, siekte, eenvoudigheid of armoede ooit vrugtekoek misverstaan het, 'n tweede kans te bied. So stoot ons verlede jaar net voor Kersfees die deure van my eerste winkel oop, op die rak staan 'n ry van die voortreflikste koeke. Mense loop verby, party kyk weg, ander snak oor die prys, die res mompel en staar. Ek verduidelik, demonstreer, strooi krummels, huil, smeek en gee afslag. Uiteindelik is al die koeke verkoop, twee tannies laat weet selfs dit was heerlik, wanneer bak ons weer.

Hierdie jaar besluit ek toe ons verkoop die lekkerste, rykste, uniekste, mees onweerstaanbare vrugtekoeke ooit: Van Der Hum sjokoladekoek met neute, sultanas, kersies en ingelegde gemmer. Einde September is alles gebak en toegedraai, gereed om te verouder. Ons het ons net misgis met stoorplek. Ek is net terug van toer, die huis is vol tasse, nuwe kostuums daag op, Kersfeesvoorraad word afgelewer, en so beland sestig koeke in my slaapkamer.

Hieroor kan 'n mens lank filosofeer, maar openbarings tersyde, daar is sestig koeke om my bed en 'n goeie koek soek alkohol. Elke tien dae word elkeen oopgemaak en gevoer met likeur, whiskey en brandewyn. Elke aand klim ek in my bed, is binne tien minute in 'n beswyming en slaap soos nooit vantevore, elke dag begin in 'n wolk van sjokolade, kaneel, gemmer en alkohol, nie 'n hoer in 'n harem kan met groter geluk ontwaak nie.

Vroeg in November is die koeke gereed. Twee dae voor die ont-ruiming kou 'n eekhoring deur 'n draad en gaan my alarm af in die middel van die nag, dis een van daai verskriklikes wat begin soos 'n ambulans en dan oorgaan tot 'n polisiekar, 'n computer game en 'n hoërskool se blaasorkes. Ek skrik my boeglam en trap in twee koeke. Ek bewe nog, toe staan die ou van sekuriteit voor my deur. Hy het ongelooflike groot spiere en 'n knuppel wat enige inbreker sal hoendervleis gee.

Naand, Meneer, sê hy, Ek is Johannes. Is hier probleme?

Ek hou vas aan die voordeur, ek kan glad nie my gedagtes by-mekaar kry nie, ek ruik na drank en daar is krummels tussen my tone.

Daar's koek in my kamer, sê ek.

Ek is op diens, meneer, sê Johannes. Sy een spier spring op en af soos 'n bytjie teen 'n ruit.

Dis vrugtekoek vir my winkel, sê ek.

Ek eet nie vrugtekoek nie, sê Johannes, Proe soos ander mense se kos.

Hoe proe dit? sê ek.

Daar was nie geld in ons huis nie, sê Johannes, Ons het maar gelek en geproe by ander mense se plek. As hulle wegkyk of praat oor die foon.

Maar was julle nooit by 'n troue of 'n Kersboom nie?

Bontbrood, sê Johannes, Is al wat ons geken het.

Sê weer, sê ek.

My ma moes self ons brood bak, sê Johannes, Dit was goedkoper. Kersfees het sy kleursel bygegooi, dan eet ons bontbrood, rooi, geel, blou of groen.

Hoe proe dit? vra ek.

Soos brood, sê Johannes, Maar dit het gelyk soos Kersfees.

Ek sê, Kom in, Johannes, ek het nou net in twee koeke getrap, ons kan hulle net sowel oopmaak.

Ons sit op die bed, Johannes eet koek, ek hou die knuppel vas, op en af gaan die spier, op die dak speel die eekhoring met die los draadjie, 'n byna volmaakte Kersfees.

Maar ek kan nie ophou dink aan volgende jaar nie, 'n hele winkel vol bontbrood, geel soos goud, groen soos blare, blou soos lug, rooi soos kersies, wit soos sneeu.

(uit die *Predicting Snow*-verhoogproduksie, 2007)

Ballon

Ek het die ballonvrou ontmoet op 'n vlug vanaf Kaapstad na Johannesburg. Sy was reeds in haar sitplek teen die paadjie toe ek aan boord stap. Ek het langs haar gaan staan en na my kaartjie gekyk. Gewoonlik sal 'n medepassasier die gebaar verstaan en uit sy of haar sitplek opstaan sodat die ander kan inskuif. Hierdie vrou bly net sit en vroetel met 'n plastieksak.

Verskoon my, sê ek.

Sy kyk my geskok aan en begin toe wikkel. Vorentoe en agtertoe wikkel sy soos een wat 'n wiegstoel aan die gang wil kry. En toe begin sy rys uit haar sitplek. Op en op beur sy, vorentoe en vorentoe wikkel sy, groter en groter word sy. In die ry agter my maak mense eers ongeduldig aanmerkings en word toe skielik stil. Soos die stofwolk ná 'n ontploffing begin die vrou die kajuit vul, ons steier agteruit en kyk hoe dit donker word.

Uiteindelik is sy uit haar sitplek. Dis asof iemand die wêreld se grootste reddingsboot in die kajuit opgeblaas het. Ek stoei benoud verby haar tot in my sitplek. Soos 'n towenaar 'n sakdoek by sy vuis indruk, woel die vrou haar lyf terug in haar sitplek. Sy sug diep en uitgeput. Ek gryp 'n tydskrif en lees oor en oor die dieselfde lyn. In Brasilië is daar ongeveer. In Brasilië is daar ongeveer. Mense strompel gespanne na hul sitplekke en sit sonder 'n woord, heel laaste is 'n man wat nie sy oë van die vrou kan afhou nie. Hy het liggrys sakemanhare en vergaderingskoene. Sy broek is opgetrek tot onder sy arms. Hy lyk soos 'n kleuter by 'n swemles. Hy bly staar na die vrou en gaan sit direk agter ons.

Ná die veiligheidsdemonstrasie verskyn drie beamptes met 'n

versameling bande en gespe die vrou in haar stoel vas. Uiteindelik is ons in die lug en ek begin versigtig loer uit die hoek van my oog. Haar kop en nek is heeltemal normaal en haar hande en voete is verbasend klein, dis asof iemand haar ledemate orals op 'n klein planeet vasgeplak het. Agter haar, onder haar, oor die leunings, orals peul boude uit, sagte wolke wat haar omsingel. Sy sit bewegingloos. Agter ons leun die sakeman vooroor en loer tussen die sitplekke deur.

Toe gryp die lugwaardin 'n mikrofoon en verduidelik dat verversings bedien gaan word. Sy is nog nie klaar nie, toe kry die ballonvrou lewe.

Ek was al dikwels in my lewe óf die oudste óf die lelikste óf die dikste persoon in 'n vertrek. In so 'n geval hou jy jouself eenkant, trek so min as moontlik aandag en eet beslis niks. Die ballonvrou het egter geen probleem nie. Sy begin fladder met haar vingertjies, sy fladder met haar ogies, sy fladder met haar lippies. Sy wikkel heen en weer. Dis asof duisende motjies in die sitplek langs my gebore word.

Ek skrik my boeglam en begin weer lees. In Brasilië is daar ongeveer. In Brasilië is daar ongeveer. Niemand in die vliegtuig bestel iets nie, dis asof almal 'n boodskap stuur. Maar die ballonvrou stop nie vir 'n oomblik nie. Sy gryp sakkies met neute, sakkies met biltong, sy bestel broodjies, voorgereg, hoofgereg, nagereg, beskuitjies, kaas, koekies, water, koffie, tee. Sy skeur sakkies oop en kou sonder ophou, sy draai sakkies toe en prop dit in haar handsak, sy draai broodjies toe en prop dit in haar handsak. Sy skeur 'n reep uit die koerant langs haar en lees dit, dan rol sy dit in 'n balletjie en prop dit in haar handsak. Dan skeur sy die volgende reep. Sy fladder in die lug met haar vingertjies. Personeel kom aangehardloop. Ek kyk net af. In Brasilië is daar ongeveer. Die personeel verstaan nie wat sy soek nie. Die sakeman leun weer vooroor.

Ek dink sy soek 'n bietjie meer room vir die koffie, sê hy.

Hulle bring dit. Die ballonvrou knik ingenome.

Die man loer om my sitplek.

Is sy nie skattig nie? sê hy.

Ek sê, Ekskuus tog?

Mens wil haar net opvreet, sê die man.

Sy vreet vir jou met jou hoë broek en al op, dink ek. Ek glimlag flouerig. 'n Broodjie rol teen die vrou af en val in die paadjie. Die man spring uit sy sitplek, gryp dit en gee dit terug, knielend soos 'n ridder. Duisende motjies fladder en iewers is daar 'n glimlag.

Ek sit verstom. Niks wat ek ooit geweet het maak meer sin nie. Ek maak my oë toe en dink aan al die kos wat ek al in my lewe moes weier. Die vliegtuig begin stadig daal. Iemand raak aan my arm. Ek maak my oë oop. Die ballonvrou draai stadig haar kop en kyk vir my. Sy praat saggies en uitasem.

'n Mens kan bly soos jy is, sê sy, Of heeltemal verander. Maar jy moet hou van wie jy is, anders gaan niemand anders nie.

Nadat ons grondgevat het, klim ek oor die sitplek voor my en ontsnap saam met die res van die passasiers. Net voor ek die ontvangssaal instap, kyk ek om. Op 'n vervoerwa langs die vliegtuig sit die ballonvrou in 'n groot rolstoel. Personeel skarrel om haar.

Langsaan staan die sakeman. Hy neem haar klein handjie in syne en hulle vingers vou inmekaar. Hulle glimlag. Soos enige paartjie ná 'n perfekte landing.

(uit die *Men Who Fly*-verhoogproduksie, 2008)

Hangman

My ouma het altyd gesê dit maak nie saak of 'n plek rêrig bestaan en of jy jou net verbeel nie, dis wat jy daar loop kry wat saak maak.

So is daar in hierdie land 'n plekkie waaroor niemand seker is of dit wel fisies bestaan en of dit net 'n psigosomatiese toestand is nie. Dies met esoteriese neigings noem dit die Skielik Tydjie, ander mense noem dit Natal. Iewers tussen Harrismith en Ladysmith is daar 'n onsigbare muur, 'n energieveld of 'n tydsone wat niemand kan verklaar nie. Die een oomblik is jy op die pad, die volgende oomblik is jy in 'n plek waar die vreemdste dinge met jou gebeur. Een ding is wel seker, jy leer altyd 'n les.

'n Paar maande gelede is ons op pad na 'n konsert, ek, twee musikante, die klankman en 'n growwerige meisie wat wil foto's neem vir 'n tydskrif. Dit was nog altyd die reël dat wanneer daar nie 'n lughawe betrokke is nie en ons dus ver moet ry, ons onsself mag beloon met gemors wat ons nooit by die huis sou eet nie. So hou ons net duskant Swinburne stil vir hamburgers, groot tuisgemaakte goed met pap tamatie en 'n sous waarmee jy 'n hut kan pleister. By dit is daar vetterige sakkies met dik hartaanvaltjips en baie asyn. Kwylend val ons terug in die pad.

Ek het net die eerste hap gevat, toe tref ons die onsigbare muur. Dis net 'n rilling, huhuhuh!, toe's ons op 'n ander plek. Orals is grasgroen velde, kronkelpaadjies, bergtoppe en klein rondawels sonder vensters. Ons hamburgers is weg, ons oë is groot en ons voertuig beweeg sonder geluid.

Wat gaan aan? skree die klankman.

Ons is in Natal, sê die growwe meisie en gryp haar kamera.

Hoe kom ons hier uit? skree die een musikant.

Hou stil en vra, sê ek.

Hierdie ding ry homself, skree die ander musikant. Hy ruk aan die stuurwiel, trap rem en druk die toeter, maar niks gebeur nie, ons sweef geluidloos voort, deur berge en dale, verby nog rondawels en 'n paar koeie wat vriendelik glimlag met groot pienk lippe.

Die klankman wieg heen en weer. Ek het haar lief, ek het haar lief, huil hy.

Sy verneuk jou al jare, sê ek, Is almal se tjips weg?

Die ding draai! skree die musikant.

Ons sweef om 'n hoek, om 'n boom, verby 'n hoender met 'n son-bril en stop morsdood voor 'n geel gebou. HANGMAN STOELE EN BANKE sê die teken bo die deur. Ons spring uit en storm die plek binne. Dis 'n reusestoor vol meubels, stoele en banke uit hout, staal, draad, sement, leer en plastiek. Alles het vlerke, dis uitgekerf, opgeverf, aangeplak, gegiet of gesweis, engele, vlinders, feetjies, seemeeue, uile, arende en duiwe. Die growwe meisie lig haar kamera.

Geen prentjies nie, sê 'n warm stem. Ons ruk om.

In die hoek is 'n toonbank. Agter die toonbank staan 'n vrou met 'n baie, baie dik bril. Sy kyk na ons deur lae en lae glas. Binne elke oog is nog 'n oog en nog een en nog een. Albei musikante begin wieg op hulle voete.

Kyk weg, sê die growwe meisie.

Agter die vrou staan 'n lang donker man met 'n masjiengeweer en 'n medalje teen sy bors. Natal Geheime Polisie, sê die medalje.

Ons moet gaan, sê die klankman.

Welkom, sê die vrou.

Ek sê, Spel mens nie Hangmat met 'n t nie?

Dis Hangman, sê die vrou, Dis ons naam.

Ons het 'n konsert, sê die klankman, Wie't ons bussie getoor?

Hierdie neem gewoonlik net 'n oomblik, sê die vrou. Sy kyk ons een-een aan met haar duisend oë. Die musikante begin weer wieg.

Hangman is die nuwe naam van my man, sê die vrou, Sy regte naam is Immel. Hy is hier iewers.

Sy stamp aan die lang man. Hy trek die sneller en skiet 'n gat in 'n balk. 'n Toring stoele val om. Agter die toring staan 'n maer man. Hy is oortrek met saagsels, vernis en pleisters. Albei sy bril se glase is gekraak.

Hy toets elke stoel self, sê die vrou, Hy was – en is nog steeds – 'n baie vaal man en sou nooit so 'n pragtige vrou soos ek kon kry, was dit nie vir sy dapperheid nie. Jare terug het hy dakke reggemaak, lekplekke gestop en so meer. Ekself was 'n jong ding, daar was nie 'n man wat sy ondier kon slaapmaak met my in die omtrek nie. Toe kom Immel op 'n dag en vra my vir fliek, ons lag oor die vaal man, ek sê nog, plak net 'n kol op dat ek jou kan sien, maar hy vat my, ons kyk vir Julie Andrews in die Poppins-ding, voor pouse breek die projektor, ons weet nie of sy ooit weer afgekom het nie, hier vra Immel my om te kys. Ek sê jy sal wragtag moet begin spiere maak voor ek myself weggee, ek val dan nie eens vir Quintin Pelser nie en hy ry met 'n insleeptrok. Twee dae later toe sit Immel in die lug, hy seël die skousaal se nok, toe swaai Hartseer Esau die hyskraan verkeerde kant toe, hy vat mos sy eerste dop met ontbyt, jy sal ook as jou kinders nie een lyk soos jy nie, maar daai vrou sak mos inmekaar vir enige ding met aftershave of 'n goue tand, so haak Esau vir Immel aan sy toolbelt en lig vir hom dat hy hang daar iewers tussen vergeet en vergaan. Immel het seker maar gewaai of gehoes of wat 'n vaal man nou maar doen, maar Esau is al verby sy elfuur-, tweeuur- en vieruurdop en hy's huis toe. Hier laataand, toe kom die mense en vra het ons al gaan kyk vir Hangman, hy doen toertjies in die lug. Ons is lag-lag soontoe, maar toe ek hom sien, toe klop my hart, hy't net daar gehang, kalm en sterk of hy 'n fliek maak. 'n Dag of wat later toe een vir Esau wakker kry en hy vir Immel kom sak, toe's ek daar. Ons het nog nie 'n ring gekies nie, toe sê Immel hy wil vir almal vlerke gee dat hulle kan rigting kry, dat die wêreld hulle kan raaksien. Toe maak ons vir HANGMAN oop dat mense kan kom lewe kry. Dinge kom nie maklik nie, maar as jy vasskop en jy styg uit, dan kan kry wat jy soek.

Sy streel oor haarself, hare soos hooi, wange soos wasgoed, borste soos balkonne, boude soos bagasie. Agter die stoele blom Immel.

Ons stap uit en klim in die bussie. Die musikant draai die sleutel. Huhuhu! maak ons almal. Ons is skielik op die pad, agter ons lê Swinburne, in my hand is 'n hamburger.

Ek gaan baie mooi speel vanaand, sê die een musikant.

Ek gaan 'n klein bietjie grimering gebruik, sê die ander een.

Ek gaan haar los, sê die klankman.

Mooi skoot, sê ek, Vat nog tjips.

Die growwe meisie kyk uit by die ruit.

Mens moet seker maar stilbly oor Natal, sê sy.

(uit die *Men Who Fly*-verhoogproduksie, 2008)

Du Preez

Ek het nooit my kleinneef ontmoet nie. Sy naam was Du Preez du Preez en hy was al 'n grootmens toe ek nog bitter jonk was. Maar die familie het baie oor hom gepraat.

O, hy kan hom darem vervies, het een gesê, Jy kan nou nie eers 'n grappie maak nie, dan vlieg hy daar uit, weg met die wind.

Nee jong, het 'n ander gesê, Daai lippies is te styf. Dis soos twee uitveërs op soek na 'n spelfout. Niks is goed nie.

Dis soos 'n spook, het 'n tannie gesê, Jy kyk vir hom maar jy wil dit nie glo nie.

Is so, het 'n oom gesê, Die dag as hy 'n vrou vat is dit seker om haar hare te doen. Jy kan nie eens na 'n glas wyn vir jou verbeel dat hy nou by 'n wyfietjie sal wil in nie.

Hulle raak so gebore, het nog een gesê, Met kant oor die oë. Het net tyd vir tierlantyntjies en fyntrap. Het jy gesien hoe loop hy? Knyp-knyp soos een wie se gedagtes agter sit.

Ek het gebrand om hom te ontmoet, maar die grootmense het vir ons ver weggehou. Daar was altyd 'n verskoning of 'n siekte. Daai jare het Du Preez du Preez by sy ouers op Lambertsbaai gewoon. Sy pa was Herklaas du Preez en sy ma was Mona-Anne du Preez. Hulle was reeds afgetree en het hulle seun aanbid. So vinnig soos wat elkeen van Du Preez se besighede doodgeloop het, so vinnig het sy ouers hom weer op die been gebring. Volgens wat ek kon verstaan, was Mona-Anne 'n adellike vrou met groot borsspelde, altyd uitgevat in 'n pakkie met knope. My een tannie het gesê Mona-Anne was by verre die grandste vrou in ons familie, vir wat wil hulle sit by die Weskus? Maar daar het hulle gebly.

En toe verdwyn Du Preez. Skielik, spoorloos en finaal. Die familie was in rep en roer, daar is gebel, gebid en heen en weer gery soos nog nooit vantevore nie. Niemand het vir 'n oomblik gewonder oor Du Preez nie, hulle was net besorg oor Mona-Anne se swak gestel. Die geringste terugslag kan haar bors aktiveer, het hulle gesê, Sy was vir jare op die rantjie van versmoor. En as Herklaas ontsteld raak, is sy knieë die eerste om te gaan.

En dis hoe ek hulle toe uiteindelik ontmoet. Die familie is in 'n konvooi af Lambertsbaai toe vir bystand, vir die eerste keer gaan die kinders ook saam. Oom Herklaas sit met sy voete in die boekrak en 'n pak ys op elke knie. Tannie Mona-Anne en haar borsspeld sit langsaan en snak na asem. Sy praat net die begin van elke sin.

Kyk daar op die . . . dan sny jy vir elkeen . . . die vurkies is net langs . . . skep 'n bietjie van die . . .

Enige nuus? vra iemand.

Hierdie knieë is soos jellie, sê Oom Herklaas.

Wat van Du Preez? vra iemand.

Tannie Mona-Anne vat 'n sluk asem.

Hoekom moet ek so . . . die laaste aand het hy nog . . . g'n mens sal ooit . . . sny nog 'n stukkie van die . . .

Op pad terug sit ek langs my ouma.

Hoekom praat sy nie klaar nie? vra ek.

Dis die skok, sê sy.

Is hy dan dood? vra ek.

Hy's nie dood nie, sê sy, Ouma dink hy lewe nou vir die eerste keer. Maar skok is nie net vir dood nie. Dis 'n ding wat sit hier agter jou, en jy dink dit gaan nie kom nie, maar hy weet dit kom en hy wag. En dis vir die waarheid. En as dit kom, dan klim hy uit en hy tel jou op van jou voete af en vat jou. En jy kom nie weg nie, sy kloue is te groot, jy gaan net saam, baklei help niks, hy vat jou tot by die waarheid, dat jy dit kan sien en dit kan vat en voel, alles wat jy nie geweet het nie, alles wat jy misgekyk het, alles wat jy geweet het maar nie wou glo nie. En hy vat jou dieper en dieper, binne-in, jy dink jy gaan nooit regkom nie, jy en al die ander, amper die helfte van die wêreld. En die waarheid is groot, dit vat amper al die plek op jou lyf, dit vat al jou krag, soveel dat alles nie meer kan werk nie, dan raak jou knieë te swak, of jou bors te moeg. Maar hy los jou nie, want hy't te lank gewag, hy weet die waarheid moet eers oor jou kom sit tot jy dit glo en verstaan en vrede kry. Dan begin jy weer asem kry, dan loop jou bene weer tot op 'n plek. Mona-Anne weet lankal van Du Preez en sy dinge en dat hy nie kan lewe op 'n plek waar hy nie hoorts nie, sy weet lankal dat hy moet gaan, nou's dit so, nou moet sy die skok uitry voor sy weer 'n sin kan klaarpraat.

Hoe weet mens jy's weer reg? vra ek.

Jou lyf sê vir jou, sê Ouma, Dis harde werk. Hulle sal nou moet Langkloof toe, en dís 'n gatslag, daar praat jy later met die klippe, maar Oom Herklaas het 'n broer daar en die lug is beter vir asemhaal.

So is die Du Preezs Langkloof toe. Daar het Mona-Anne se bors kalmeer, maar Herklaas se knieë het nie akkordeer nie. Hulle is toe Kakamas toe, daar is Mona-Anne byna dood, maar Herklaas het geloop soos 'n atleet. Op 'n stadium is hulle Israel toe, die laaste wat ek gehoor het was hulle op 'n eiland in Japan. Niemand het ooit weer van Du Preez gehoor nie.

Ek is nie seker nie, het Ouma gesê, Maar ek dink dis in jou bloed. Partykeer is dit 'n hele gesin, 'n hele familie, of 'n hele nasie, party-keer net een, maar jou geboorteplek is nie altyd vriendelik met jou nie, dis nie altyd die plek waar jou skatte wag nie, en dan moet jy loop soek totdat jy kom waar jy hoort, daar's g'n wet of boek wat jou kan vertel waar jy gaan floreer nie, party mense kry vinnig lê, ander swerf ewiglik. Hulle is die wêreld se emigrante.

(uit die *Men Who Fly*-verhoogproduksie, 2008)

'n Tameletjie is 'n outydse lekkerny bestaande uit gedroogde vrugte wat eers gemaal word en dan met 'n silindervormige voorwerp soos 'n koekroller, 'n tradisionele slaginstrument of 'n potplantstaander gerol word tot 'n dun vel. Hierdie vel word in repe gesny, opgerol en dan verder gedroog. Die kenmerke van 'n goeie tameletjie is dat dit taai is, baie lank gebêre kan word en nie een siel op aarde daarvan hou nie.

'n Tameletjie is ook 'n situasie, ongemaklik, ondraaglik en senutergend.

So woon daar in ons dorp 'n egpaar, middeljarig, kinderloos, vredeliewend, gewillig, alombekend, vrygewig en geliefd. Hulle is aan vreemdelinge voorgestel as die Van Huysteens. Op die dorp is hulle geken as Oom Siebert en Tannie Fly.

Daar was net een probleem. Oom Siebert het iets in sy keel gehad. Vir veertig jaar. 'n Krapperigheid, 'n toestand, 'n krummel, 'n groeisel, 'n blokkasie, 'n lossigheid, plofstof, wie sou weet. En Oom Siebert het keel skoongemaak, elke twintig minute van sy lewe, vasberade en soos klokslag. Dit was 'n vinnige, diep, luide en doelgerigte roggel, iets tussen 'n hoes, 'n paringsgrom en 'n doodskreet. Jy kon hom hoor, dag en nag, straatblokke ver, in jou slaap, bo-oor onweer of harde musiek. En elke keer was dit 'n skok, 'n skrik en 'n gril, jy kon die murg in jou bene voel beweeg.

En dan het hy gespoeg. 'n Blink, reguit streep soos 'n bospadda. Iewers in die afgeleë tropiese woude is daar 'n giftige bloedrooi padda wat 'n inboorling op tien meter kan doodspoeg, presies só het Oom Siebert ons dorp tot in sy fondamente verlam. Mense het geril en gegil, tonge raak gebyt, breekgoed laat val en vir dae ophou eet.

Die waarheid was dat Oom Siebert die negentien minute tussen elke doodskoot die dierbaarheid self was, vriendelik, hulpvaardig en vol grappe, maar dan skielik het hy sy ooglede laat sak, sy krop uitgestoot en die boosheid diep agter in sy keel gaan haal. En terwyl jy nog inasem om te roep na 'n engel of 'n vliegtuig, vat hy korrel en maak die aarde nog een spoegkol ryker.

Na elke skoot was daar nog 'n plek op die dorp om te vermy. Elke sypaadjie, parkeerplek, boomwortel, hoeksteen, tuinhek, graspol of posbus is gemerk. Totdat almal begin stadig ry het sodat ons in die middel van die straat kon loop.

Tannie Fly het die meeste gely. Sy was 'n saggeaarde vrou, 'n ware dame met 'n voorkeur vir sagte kleure en sagte valle. Haar hare was altyd netjies op haar kop vasgesteek met versierde kammetjies en in haar nek was 'n enkele lok. Hierdie haarlok was die enigste getuienis van haar ellende. Nooit, ooit, nie tussen mense of alleen by die huis het Tannie Fly 'n spiertjie geroer of haar glimlag verloor tydens een van Oom Siebert se roggels nie, maar wanneer sy kon, het sy die kamerdeur toegemaak, haar borsel gegryp en haar lok geroskam totdat die eerste vonke verskyn.

Dit was by 'n kerktee dat ons die eerste keer gesien het hoe elektries die lok regtig was. Tannie Fly het my ma gegroet en toe omgedraai om met iemand te gesels. Haar lok het reg voor my ma gehang. Stadig het die teelepel uit my ma se piering begin lig en toe skielik by Tannie Fly se lok ingeglip. Ons was te geskok om iets te sê. Net daarna het 50c by my pa se baadjie uitgeskiet en in die lok gaan sit. Ons almal het ons sakke styf toegedruk en op 'n ander plek gaan staan. My ma het verlig gesug en haar teekoppie gelig. Net toe het Oom Siebert sy keel skoongemaak. Warm tee het deur die lug gevlieg, mense het gegil en kinders het begin huil. Skaam-skaam is Tannie Fly die saal uit, haar kop so vol eetgerei dat sy agteroor moes loop. Oom Siebert het net geglimlag en nog 'n grap vertel.

Een vir een het mense begin vertel hoe hulle goed verdwyn. Borsspelde, trouringe, knipmesse, kleingeld, enige ding is opgeslurp as Tannie Fly in die nabyheid was. Sy is dan koes-koes huis toe om die buit te gaan uitkam. In die nag is alles weer in elkeen se posbus afgelewer, toegedraai en met 'n naamlose verskoning.

Buiten die spoeg en die lok was daar beslis ook ander faktore, maar spanning in die dorp was aan die opbou. Uiteindelik sit ons almal in die saal vir die jaarlikse prysuitdeling. Ek is naar van vrees, ná die spreekkoor moet ek my eksamenstuk speel. Tannie Fly se lok is so geborsel dat 'n mens die vonkies kan hoor kraak. Agter die kateder staan die onderhoof, Meneer Truter, 'n mooi man met 'n breë voorkop. Maar nie te vertroue, het my ma gesê, daar's branders in sy heupe.

Ná die skoollied kondig Meneer Truter die sportpryse aan. Die laaste kind het net gaan sit, toe swaai die agterste deur oop en 'n maer man kom die paadjie af met 'n silwer pistool. Niemand het sy naam geken nie, maar almal het geweet hy's 'n reservis en sy vrou het verwikkelinge gehad met Meneer Truter.

Die maer man lig die pistool.

Derduiwel, sê hy en mik na Meneer Truter.

Almal is lam geskrik, niemand weet wat om te doen nie. Meneer Truter maak sy mond oop en toe.

Toe staan Tannie Fly op uit haar stoel en draai haar rug na die paadjie. Stadig begin swaai die punt van die pistool. Ons sit oopmond. Die pistool wys reguit na Tannie Fly. Die reservis klou dat hy bewe, maar dit help niks, die pistool vlieg uit sy hand tot in die lok.

Dis tjoepstil in die saal. Niemand weet wat volgende gaan gebeur nie. Behalwe ek. Ek het geweet twintig minute is amper om. Stadig begin ek tel. Ek is by vier, toe hoor ons hom.

Ggggg!

Siebert! skree Tannie Fly. Vir die eerste keer in haar lewe praat sy harder as 'n skoenlapper. Ons sit gevries.

Oom Siebert grom weer.

Genoeg is genoeg! skree Tannie Fly.

Oom Siebert stoot sy krop uit.

Sluk! skree Tannie Fly.

Toe gaan die pistool af in haar lok. Die koeël trek deur haar stoel, dwarsdeur die vloer tot in die stoor met die gimnastiekmatjies. Ons hop, toe sit ons weer. Ons kyk vir Oom Siebert. Hy sit doodstil, sy keel makeer niks.

Ek het die aand my stuk gespeel sonder een fout. En tot vandag toe weet ek dit: as jy iets wil red, jou siel, jou hart, jou verhouding,

jou huwelik, jou familie, jou land of die aarde, dís wat jy doen,
geen verskonings, geen ompaaie, geen debatte, geen geduld, jy
staan op en jy sê, Genoeg is genoeg.

(uit die *Aula Concert*, 2008)

Tafels

In enige mens se lewe of loopbaan word daar riglyne, bakens en reëls in plek gestel waarvolgens daar dan gehandel of besluite geneem word. In my loopbaan het ek byvoorbeeld lankal geleer om sekere plekke of geleenthede te vermy, soos tente, winkelsentrums, musiekfeeste of skoue. Maar steeds is daar dinge soos groepsdruk, skoolkennisse, koppige agente, intimidasie en misverstande en so bevind ek myself ten minste een keer per jaar in die middel van 'n nagmerrie.

Op 'n dag lui die foon. Dis 'n vrou met 'n helder stem en 'n ferm groet. Ek herken onmiddellik die kategorie. Ons noem haar soort die groot gees in 'n klein dorp. Hierdie tipe vrou is gewoonlik in beheer van die meeste organisasies in haar omgewing, haar kinders het reeds die huis verlaat, haar rolmodel is Jackie Kennedy, sy praat in kort sinne, loop altyd regop en verskyn net in swart breidrag met 'n enkelstring pêrels en 'n Krugerpond. Haar van begin gewoonlik met 'n K, soos Kessler, Keuler of Kent.

Dié dag is die vrou se van Kriege en sy skakel vanuit 'n dorp in die Noorde. Hierdie dorp sal vir ewig naamloos bly.

Kan ek help? vra ek.

Mevrou Kriege verduidelik toe dat sy nie my loopbaan volg nie, maar wel van komiteelede en familie verneem dat ek 'n aanvoeling het vir eetgoed en onthaal. Sy sê daar word elke jaar 'n vrouetee aangebied. Driehonderd vrouens sit aan by dertig tafels. Elke tafel het 'n gasvrou wat self op 'n tema besluit en sal ek asseblief die tafels kom beoordeel.

Ek sê, Hoekom beoordeel mens 'n tafel?

Vrouens moet leer jy plak nie net 'n ry bordjies neer nie, sê Mevrou Kriege, Hulle moet leer van verbeelding en standaarde. Ons moet hulle ophef.

Ek sê, Dame, dis 'n verskriklike woord, wat van inspireer, bemoedig of bederf?

Vleis bederf, sê Mevrou Kriege, Hierdie vrouens beplan 'n jaar lank aan hulle tafels, hulle maak plakboeke en woon kursusse by, hierdie funksie is 'n absolute hoogtepunt, dit kan 'n gasvrou maak of breek.

Ek kan nie onthou of ek swak was ná 'n lang siekbed of hoe die gesprek tot op só 'n punt gevorder het dat ek ingestem het nie, maar twee maande later ry ek met die hulp van 'n gefakste kaart die naamlose dorpie binne. Aan die einde van 'n laning bome staan 'n plaat motors langs 'n reusagtige lapa. Voor 'n halfmaan fakkels wag Mevrou Kriege my in. Sy is geklee in 'n swart gebreide pakkie met 'n enkelstring pêrels en 'n Krugerpond.

Jy moet onmiddellik begin beoordeel, sê sy, Die vrouens mag eers eet nadat hulle 'n punt ontvang het.

En so betree ek die buik van Satan. Voor my lê 'n oseaan van chiffon, georgette, net, kant, silwer, goud, brons, koper, vere, maskers, hoedens, houtsneewerk, rottang, krale, linte, kerse, klippe, kranse, skulpe, konfetti, beeldhouwerk, gips, terracotta, papiermâché, raffia en gekleurde sand.

Ek gaan staan by die eerste tafel. Alles is oranje, die linne, die kos, die blomme en die gasvrou.

Wat is die tema? vra ek.

Oranje, sê die gasvrou. Ek is mal oor oranje. Kyk, hier's wortelsap, wortelslaai, wortelsop, worteltjips en wortelkoek.

Julle kan maar eet, sê ek en stap verder.

Die volgende tafel is spierwit. Nege vrouens sit elkeen met 'n koek voor hulle. Niemand sê 'n woord nie, hulle sit wasbleek en staar. Die gasvrou is die enigste een sonder koek.

Hierdie is 'n waarheidstafel, sê sy, Elke gas ontvang tee en die waarheid.

Ek buk af en sien op elke koek is 'n daar boodskap.

Jou dogter is 'n hoer, sê die eerste koek.

Ek kyk verbouereerd na die volgende een. Die vrou het klaar 'n hoek afgesny. Die koek sê nou net, JOU SEUN IS 'N

Toemaar, sê ek, Dis hulle wat op jou oudag na jou kyk.

Ek loop verder. Die volgende tafel is turkoois. Daar is badkamer-matjies, japonne, speelgoedpille en tee in wynbottels. Die gasvrou het blykbaar depressie oorwin. Nog verder is 'n tafel in swart. Die gasvrou is die dorp se kunsjuffrou. Sy het 'n koek gemaak uit houtskool omdat alle kultuurgroepe nie genooi is nie.

Langsaan is 'n tafel met tien vreeslike vrolike vrouens. Twee speel kaart, een lees boek, een kam 'n hondjie en 'n paar skink sjerrie uit 'n handsak. Die gasvrou staan met 'n groot mes.

Kan ek sny? sê sy.

Looi hom, sê die een met die hondjie.

Die tafel kreun onder die kos, daar's nie 'n blom of 'n versiering in sig nie.

Wat is die tema? vra ek.

Koek en tee, sê die gasvrou, En tert, maar moet vir niemand sê nie.

Hulle lag kliphard en hou hul borde uit.

Uiteindelik staan ek voor die laaste tafel. Dis die mooiste iets wat ek in jare gesien het. Sagte pienk rose in 'n glaspot, vrugtekoek op 'n kristalstaander, tee in handgeskilderde porselein, ragfyn servette en 'n asemrowende suikerpot uit silwer.

Wie is die gasvrou? vra ek.

Ek, sê Mevrou Kriege.

Neem jy deel? vra ek.

Natuurlik, sê sy, Vyftien jaar wen ek al.

Wat is die doel? vra ek.

Erkenning, sê Mevrou Kriege, Gehalte moet tog beloon word, hoe anders sal ons vooruitbeweeg?

Ek stap mikrofoon toe. Ek sê, Dames, koek en tee is een van die grootste vreugdes op aarde. Daarom gee ek 'n troosprys aan die tafel met die hondjie. Maar elke dag word ons beoordeel en ver-oordeel, elke dag is ons onseker en teleurgesteld. Hoekom sal iemand nog wil tafeldek vir punte? Dek dit vir liefde, samesyn en plesier!

Mevrou Kriege rys uit haar stoel.

Sit! sê ek.

Sit! sê die vrouens.

Ek sê, Elke tafel hier is 'n noodkreet. As jy iets wil sê, skryf 'n brief of maak 'n oproep. As jy 'n tema het, skryf 'n boek of maak 'n rolprent. As jy iets wil wen, hardloop resies of spring paal. As jy wil koek eet, lig jou vurk.

Die kunsjuffrou het saam met my uitgestap, nie oor sy wou groet nie, sy moes ry vir doughnuts.

Ek is nooit weer gebel oor tafels nie. Eenkeer het iemand gebel oor 'n hoededag.

Ek het gesê, Ag nee wat.

(uit die *Aula Concert*, 2008)

Onder die kas

Een van my beste vriendinne se ma is 94 jaar oud en woon in 'n ouetehuis. Sy is 'n klein vroutjie, het haar eie woonstel, beweeg rond in 'n spesiale stoel met wiele en maak selektief gebruik van haar geheue.

Op 'n dag bel my vriendin my, sy is 'n bietjie histeries en lag sonder ophou. Sy sê sy't tydens aandete by haar ma ingeloer. Sy sê hulle is rustig aan die gesels toe haar ma meteens 'n stuk wors gryp en onder die kas ingooi.

Sy sê, Wat maak Mamma nou?

Haar ma sê toe die wors kou te moeilik.

Sy sê, Maar Mamma kan dit mos nie net onder die kas ingooi nie, dit gaan vrot!

Haar ma sê toe hulle maak mos skoon.

Sy sê sy is so uit die veld geslaan dat sy 'n besem gaan haal. Haar ma sê toe sy moet sommer die wors onder die bed invee.

Vir dae lank loop ek en dink aan my vriendin se ma.

'n Week later woon ek 'n kultuuraand by in die Franse ambassade. Ons eet by lang tafels in 'n groot vertrek vol outydse meubels. Langs my sit 'n bekende aktrise. Toe die eerste gereg bedien word, leun sy oor na my.

Wat is in my bord? vra sy.

Ek sê, Dis slakke.

Hoekom het jy slaai? vra sy.

Ek sê altyd ek is vegetaries, sê ek, Anders sit hulle enige ding voor jou neer.

Ek gaan flou val, sê die aktrise, Ek kan nie 'n slak eet nie.

Ek sê, Gooi dit onder die kas in.

Sy sê, Ek kan nie dit doen nie!

Ek sê, Hulle maak mos skoon.

Die aktrise kyk om haar rond. Almal eet of gesels, die kelner het verdwyn. Sy gryp haar bord en gooi die hoop slakke onder 'n kas in. Toe sit sy haar bord voor haar neer en sit haar mes en vurk bo-op.

Dis ongelooflik, sê sy.

Twintig minute later verskyn die volgende gereg. Op my bord is geroosterde groente. Op haar bord is 'n waaier van beskuitjies met 'n grys klont. Sy leun weer oor.

Wat is hierdie? vra sy.

Ek sê, Dis ganslewer.

Ek gaan baie maer word, sê sy en slinger dit onder die kas in. Sy sit haar bord neer en glimlag. Een na die ander verdwyn haar geregte onder die kas. Sy drink die hele aand net wyn en eet op die ou end 'n klein bakkie vla. Slapdronk en doodgelukkig is sy huis toe.

'n Paar dae later is ek in die Kaap vir 'n konsert. Die middag voor die tyd kom 'n vriendin my groet by die hotel. Haar wange is sopnat gehuil.

Kyk hier! snik sy en hou haar hand uit. Daar's 'n blink ring aan haar vinger.

Ek sê, Baie geluk! Dis bietjie skielik, maar hoekom huil jy?

Ek wil hom nie hê nie, sê sy, Hy was nooit sy hande nie, hy maak geluide met sy neus en hy hou van ligblou. Ek wou hom nog los, toe gee hy die ring. Wat maak ek nou? Hy's op pad hierheen.

Ek sê, Gooi dit onder die kas in.

Sy sê, Is jy mal? Ek kan dit nie net daar ingooi nie!

Ek sê, Hulle maak mos skoon.

Iemand klop aan my kamerdeur.

Ek sê, Gooi!

Sy gooi die ring onder die kas in.

Ek sê, Nou stamp jou kop.

Vir wat? sê sy.

Ek sê, Stamp jou kop, ek haat lieg!

Doef! stamp sy haar kop teen die kas en gaan sit verdwaas op die bed.

Ek maak die deur oop. 'n Lang man met 'n ligblou hemp kom ingestap. Hy kyk na my vriendin.

Waar's jou ring? vra hy.

Sy staar hom benoud aan.

Ek sê, Hoe moet sy dit weet?

Ons gaan dan trou! sê die man.

Sy weet niks daarvan nie, sê ek, Sy't haar kop gestamp.

Ek kyk na haar.

Wat is my naam? vra ek.

My vriendin kyk my geskok aan.

Sien jy? sê ek, Sy onthou niks nie, jy sal haar moet tyd gee.

Nadat die man daar weg is, het my vriendin nog 'n klein bietjie gehuil en toe het ons wyn bestel.

Die dag ná die konsert is ek huis toe. Op die lughawe was 'n stapel koerante. Op die voorblad was 'n politikus met 'n verskriklike groot neus. Dit het my ontstel. Hulle moet baie, baie ink gebruik om só 'n neus te druk. En 'n kind wat só 'n ding sien, slaap nooit weer nie. Ek het ook besef die waarheid sou nooit ooit by só 'n neus kon verby nie. Ek moes die mensdom beskerm. Ek het die koerante onder 'n kas ingegooi. Vir 'n oomblik wou ek skuldig voel, maar toe't ek onthou hulle maak skoon.

'n Paar dae later het ek in 'n parkeerterrein gesien hoe twee jong skurke by 'n motor inbreek terwyl die motorwag rustig wegstap. Ek was baie vies. Ek het hom gegryp en gesleep tot by 'n meubel-plek.

Maak julle skoon? het ek geskree.

Elke dag! het 'n vrou teruggeskree.

Toe't ek hom onder 'n kas ingegooi en gaan blomme koop vir my vriendin se ma.

Die res van my geld spaar ek. Ek weet nou daar is hoop. Maar daar is baie plekke op aarde sonder kaste. Die mense van Zimbabwe sou graag iets wou weggooi, maar ek dink nie daar's 'n kas nie. Ek spaar ook vir die mense van Libië. En Noord-Korea. En Iran en Kuba en China.

(uit die *Aula Concert*, 2008)

My ma se niggie

Tydens my vormingsjare het ons gesin een keer 'n maand gaan kuier by my ma se niggie. Ek kan nie meer haar naam onthou nie en blykbaar kan my ma ook nie. Elke keer as ek haar noem, dan sê my ma, Van wie praat jy?

Dan sê ek, Ma se niggie met die groen.

Dan sê my ma, Jy verbeel vir jou, my niggies woon almal ver.

My ma se niggie was getroud met 'n man wat mal was oor duiwe. In die erf agter hulle huis was rye en rye stellasies met grys hokke wat almal gelyk het soos die uitkyktorings by 'n tronk. Ek was oortuig daar was iewers 'n duifie met 'n masjiengeweer.

My ma se niggie was 'n groterige vrou met 'n bonsende liggaam, alles aan haar was aan die beweeg, hoë borste, uitskopmaag, heen-en-weer-boude en los boarms. Dit het gelyk of skoolkinders haar gemaak het uit waterbomme.

Sy't 'n groen kombuis gehad met groen meubels. Dis waar almal gesit het terwyl sy tee gemaak het. Haar man het nie eintlik gepraat nie, hy't meestal net gegroet. Ná 'n tydjie is hy uit by die agterdeur. Dan het my ma se niggie haar arms oor haarself gevou en gesug.

Wie hou van duiwe? het sy gevra, Jy kan niks met hulle doen nie, jy kan nie met hulle speel nie, jy kan hulle nie bad nie, jy kan nie 'n duif naam gee nie, hoe weet jy môre wie is wie? Wat maak hy die heeltyd daar agter?

Was hy voor die troue ook so? het my ma dan gevra.

Toe was ék sy duifie, het die niggie dan gesê, Hy't vir my saadjies gevoer.

Dan het my ma gehoes en vir ons gekyk.

Gaan kyk wat maak die oom, het sy gesê.

Nee, ons wil nie, het ons gesê.

Ja siestog, die goed stink, het die niggie gesê.

Gaan sit net op die gras, het my ma gesê.

Ja, dis nou lekker groen, het die niggie gesê.

Vir 'n uur het ons gesit en staar na niks. In die hokke was die oom besig met niks tussen honderde duifies besig met niks. Uiteindelik, ná 'n leeftyd, was almal op die groen voorstoep. My ma het die niggie geklop op die rug en gesê, Pas jouself op.

So lees die niggie toe op 'n dag in 'n tydskrif dat 'n mens jouself moet bederf. Verf jou naels of lê 'n hele dag in die bed. Sy probeer toe albei en vind uit die bed verskaf die grootste plesier. Teen die tyd dat ons weer gaan kuier, lê sy al 'n maand.

Gaan kry vir julle stoele, sê sy, Ek kan nie nou opstaan nie, dis te skielik.

Ons sit almal om die bed. Dis die lelikste bed in die heelal, groot en groen. Aan elke kant staan 'n kassie met 'n lamp gemaak uit die eier van 'n volstruis. Ek bly afkyk. Dis net te veel. Met die groen bed en die twee geel oë aan weerskante lyk dit of sy lê op die neus van 'n groot krokodil.

Niemand praat nie, niemand maak tee nie. Ná tien minute begin my klein boetie skop teen sy stoel.

Sit stil, sê my ma.

Is sy siek? vra my boetie.

Nee, sê my ma.

Is haar bene af? vra my boetie.

Nee, sê my ma.

Is sy te vet? vra my boetie.

Dan ry ons maar, sê my pa.

'n Maand later kuier ons weer. Die niggie lê nou plat. Sy praat glad nie. Die gordyne is toe en een lamp is dood. Dit lyk of die krokodil oogknip.

Is sy dood? vra my boetie.

Nee, sê my ma.

Maak sy winde? vra my boetie.

Praat sagter, sê my ma.

Dit stink, sê my boetie.

Gaan buitentoe, sê my ma.

Dit stink, sê my boetie.

Dan ry ons maar, sê my pa.

Ons was nooit weer daar nie. Ek het 'n week gewag voor ek gevra het.

Wat makeer haar?

Sy doen wat sy kan, sê my ma.

Dis dan niks, sê ek.

As jy jou lewe gekies het, is jy in hom, sê my ma, Jy moet maar aanpas. G'n mens hou van rugby nie, maar jy kyk maar saam. Al is die grap nie snaaks nie, jy lag maar saam. Al is dit nie jou vriende nie, jy kuier maar saam.

Hoekom lê sy? vra ek.

Daar's niks daar nie, sê my ma, Dis net die duifies en die man. Nou doen sy ook niks, dan is daar nie wrywing nie, jy vergeet van jou eie goed.

Hoekom doen sy nie net wat sy wil nie? vra ek.

Jy moet dapper wees, sê my ma, Min mense is dapper. Die meeste doen eerder niks. En elkeen se niks lyk anders, party skarrel heeldag, maak droog, trap klei, groet en glimlag, babbel en bewe, ander is tjoepstil, droom 'n droom of besoek 'n leegte, maar hulle bly uit die moeilikheid, dis die maklikste.

'n Paar weke gelede moet ek oorbly in 'n hotel met volstruislampe.
Ek is te bang om te gaan lê. Ek bel my ma.

Dink Ma die niggie lewe nog?

Van wie praat jy? sê my ma.

Die niggie met die groen, sê ek.

Jy verbeel vir jou, sê my ma, My niggies bly ver.

(uit die *Egg Whites & Angel Food*-verhoogproduksie, 2008)

Persepsie

Die chaos op aarde word nie net veroorsaak deur onnoselheid of 'n gebrek aan kennis nie, daar is twee ander faktore ook, boosheid en persepsie. Boosheid verdien nie 'n storie op 'n verhoog nie, daarvoor is daar 'n regering en koerante. Persepsie is die unieke slotsom of stilte in 'n persoon se brein nadat hy iets gesien of beleef het. En is wel fassinerend genoeg om 'n verhaal te regverdig.

Hoe is dit moontlik dat meer as een asemhalende wese na dieselfde ding kan kyk en verskillende goed sien? Gee 'n eier vir 'n Boesman en hy suig hom leeg en maak juwele. Gee dit vir 'n Fransman en hy roerbraai dit in botter. 'n Amerikaner bak dit met varkvet, 'n Chinees skif dit in sop en 'n Hollander vra, Het jy net een?

Wys 'n foto van 'n tent en een mens dink aan vakansie met 'n gasbottel, 'n ander dink aan armoede of oorlog, nog een dink aan 'n sandduin en kamele.

'n Gedroogde blaar is vir een persoon 'n boekmerk, vir 'n ander iets om te rook.

Drie persone ontvang dieselfde boodskap, Bring ys. Een antwoord, Hoeveel girls is daar? Een antwoord, Is die krag weer af? Een antwoord, Bloei jy erg?

Twee mans wen elkeen 'n Corolla. Een skaam hom dood en verkoop dit aan 'n baie ou tannie. Die ander een verf dit vol vlamme en wen 'n resies in Randfontein.

So was daar 'n tweeling, Delia en Denise. Hulle is twintig minute ná mekaar gebore. Delia was stewig, luidrugtig, emosioneel en altyd honger. Denise was fyntjies, gedemp, bekommerd en wantrouig.

Van die begin af trek hul ma hulle eenders aan, gee albei ewe veel liefde en voer hulle met gesonde kos, maar die tweeling dwing anderpad. Delia eet net soetgoed en Denise drink net lou melk. Delia speel net met gereedskap, Denise speel net met wol. Delia maak bottels vol met goggas, Denise maak bottels vol met geld. Delia praat met almal, Denise praat net met maer kinders.

Wat doen ek verkeerd? huil hulle ma, Dieselfde ouers, dieselfde huis, waar kom hulle vandaan?

Dis hulle aard, sê die mense, Jy kan nie kant kies nie.

Op twintig kondig Delia aan sy't haar droomman ontmoet. Sy sê hy's baie sportief, sy naam is Derek, hy't 'n werk en hy kom kuier.

Derek daag toe op in 'n bakkie met een deur. Hy is bruingebrand met spykerhare, hy't 'n blou duimnael en 'n tatoe wat sê, Ek's nie hier nie.

Wat doen jy? vra Delia se ma.

Ek sleep karre, sê Derek, Maar ek gaan modelwerk doen sodra my nael teruggroei.

Die ma huil deurnag.

Net daarna kondig Denise aan sy't haar droomman ontmoet. Sy sê hy's saggeaard, sy naam is Dewald, hy's betroubaar en hy kom kuier.

Dewald daag toe op in 'n Honda Prelude. Hy praat baie saggies, het lang, lang hare en diamantjies in sy ore.

Wat doen jy? vra die ma.

Ek is 'n slaaisjef, sê Dewald, Maar ek hou ook van grafiese ontwerp.

Die ma huil deurnag.

Die tweeling trou drie maande later, twintig minute na mekaar. Delia trou met strappies, Denise trou met moue. Derek het 'n kettinkie, Dewald het 'n krawat.

Die ma sit stom op 'n stoel. Haar bene is lam van die pil.

En dis wat ons noem chaos op aarde, die gevolg van persepsie, die variasie, versteurdheid, oneerlikheid of afwesigheid daarvan. Honderd mense in een saal. Almal kyk na dieselfde ding, elkeen dink iets anders.

Behalwe agter in die hoek. Daar vang Derek en Dewald meteens mekaar se oog. Hulle staar en hulle glimlag. En dink presies dieselfde ding.

(uit die *Egg Whites & Angel Food*-verhoogproduksie, 2008)

Pastei

My eerste herinneringe aan enige vorm van feestelikheid was dié van pastei. Ek is nie seker of dit finansies was of gastronomiese voorkeure nie, maar my eerste herkenbare Kersfees, Nuwejaar, prysuitdeling, verjaarsdag, begrafnis, troue of basaar was elkeen met die teenwoordigheid van 'n hoenderpastei. Groot of klein, rond of reghoekig, hierdie was die skatkis van my klein wêreld, die hoogtepunt van enige geleentheid, wagtend onder 'n breekbare kors.

Ek het vroeg reeds geleer dat die vulsel van 'n pastei jou alles vertel van die moed, integriteit en ervaring van die kok. Van 'n slymerige konkoksie vol sago of 'n droë, stokstywe blok op 'n bord tot 'n vreesaanjaende slagveld vol fyn beentjies of lang, onidentifiseerbare stringe onheil wat afhang by 'n vurk tot 'n romerige mengsel vol geure, verrassings, familiegeheime en vertroosting.

Ek het ook vroeg geleer dat die kors jou alles vertel van die sorg, waardigheid en weelde van die geleentheid, dat daar 'n melkweg lê tussen 'n alledaagse kors, bruin, vol vlekke en blink van die eiergeel en 'n koninklike kors, bleekgoud, skilferend, kraakvars en papierdun.

Tot op die ouderdom van agt het ek saam met my ouers gewoon op Riebeek-Kasteel, 'n miniatuurdorpie in die skadu van 'n baie mooi berg. Hierdie dorpie was die perfekte leerskool vir enigiets wat kon volg, klein, veilig en stil, het dit 'n bietjie van alles bevat. Daar was hoë en lae dele, teerstrate en grondpad, armes en rykes, geleerdes en verkeerdes, oud en jonk, dik en gewoon, voorbeeldig en agtertangs, vreugdevol en vergete.

In een van die straatjies naby die bloekombos het Oom Sam en Tannie Stienie gebly. Hulle was om een of ander rede familie en ons het twee keer 'n maand gaan kuier. Oom Sam was groot en nooit in die huis nie, hy was doenig in die agterplaas vol diere, dinge en stof. Tannie Stienie was klein en altyd in die huis. Dit was warm op Riebeek-Kasteel en die gordyne moes toe vir koelte. Daar was nie 'n begrafnisondernemer op die dorp nie en Tannie Stienie moes die lyke oppas tot Moorreesburg se wa kom. Daar was altyd een in die kamer, gebad en gepoeier. Met gevoude hande en kerkklere het hulle op die driekwartbed gelê. Enigeen kon gaan kyk.

Dit was 'n besige werf. Huilendes is in en uit by die voordeur, agter het Oom Sam gesweis of geslag en binne het Tannie Stienie gebak. Niemand kon 'n pastei bak soos sy nie. Sy het net haar eie hoenders gebruik. Hulle is grootgemaak in hokke agter onder die bome. Tannie Stienie het geglo skaduwee maak hoenders rustig. Sy het altyd gesê 'n pasteihoender is mollig en sonder spanning. 'n Fiks hoender is net goed vir braai of weggee.

Toe op 'n dag laat kondig Tannie Stienie af die dooies moet skoolsaal toe, haar kinders kom huis toe vir die feestyd. Daar was twee kinders, 'n seun met neigings en 'n dogter wat wou sing. Haar naam was Cecilia en haar linkeroog was los. Die oogbal het heeltyd van links na regs gerol soos 'n ghoen in 'n kattebak. Blykbaar kon sy opera sing, maar niemand wou luister nie, want die oog maak hulle bang. Die ergste was as sy 'n vraag vra, want niemand het geweet vir wie nie.

Middel November kies Tannie Stienie twee kuikens. 'n Goeie pasteihoender groei ses weke en rus nog een.

Nie hulle nie, sê Oom Sam.

Het jy gepraat? sê Tannie Stienie.

Ek het planne met daai twee, sê Oom Sam.

Jou kinders of die kuikens? vra Tannie Stienie.

Die kuikens, sê Oom Sam, Dis inspanhoenders, kyk hulle lang bene, ek bou draadkarre, ek gaan hulle skou.

Jy moes karretjies gebou het vir jou seun, sê Tannie Stienie, Dan't hy nie nou gelyk of hy wil gaan dans nie. En jy moes jou dogter geskou het, dan het die wêreld nie nou gekoes vir haar oog nie. Jy vat nie aan daai pluimvee nie, pastei is al wat hierdie familie oorhet.

Weke lank jaag Oom Sam daai twee hoenders oor die werf, hulle bokspring dat hulle tonge uithang. Op slagdag is hulle so taai soos atlete.

Tannie Stienie is woedend. Sy trap al twee draadkarre plat.

Oom Sam is woedend. Hy breek die hoenderhok.

Tannie Stienie is briesend. Sy verkoop die sweismasjien.

Oom Sam is briesend. Hy begrawe die bakpanne.

Tannie Stienie is buite haarself. Sy verbrand sy klere.

Oom Sam is buite homself. Hy ry die heining plat.

Toe die kinders opdaag, is daar niks oor nie, nie kos, klere, heinings, hoenders, woorde, gordyne of genade nie. Tannie Stienie lê in die donker, Oom Sam sit in 'n handdoek.

Daai aand ontdek my ma 'n pastei in die vrieskas. Ons ry oor.

'n Mens weet ook nie altyd aan wie se kant jy is as jy 'n oorlog instap nie, sê my ma, Bly net glimlag, al hulle wonde is oop, nou moet dit weer toe. 'n Mens noem dit Kersfees met familie.

Ons sit aan tafel. Die pastei is amper op, toe glimlag Tannie Stienie, Oom Sam vee 'n traan, Cecilia sing 'Jerusalem' soos 'n geiser net voor hy skiet en die seun gee vir my een van sy ringe.

Terug by die huis vat my ma die ring af en bêre dit diep in 'n laai.

Dinge is maar selde soos dit hoort, sê sy, Maar 'n mens bly dank-baar, al is dit net vir oorleef.

(uit die *Egg Whites & Angel Food*-verhoogproduksie, 2008)

Mejuffrou

In die ou dae het die wêreld sy mooiste en mees verruklike vroue gekies met kompetisies soos Mejuffrou Wêreld en Mejuffrou Heelal. Legendes is gebore en loopbane is gebou. Suid-Afrika sal nooit die name of gesigte vergeet van skoonhede soos Penny Coelen, Margaret Gardiner en Anneline Kriel nie. Deesdae vind sulke kompetisies nog steeds plaas, maar die skoonhede wat onthou word, word nou gekies deur modehuise, kosmetiese maatskappye, tydskrifte en televisie.

Tydens my skooljare was almal egter nog gaande oor die idee van 'n swembroek en 'n kroontjie. Maak nie saak wat die geleentheid was, daar is 'n Mejuffrou gekies. Die kleinste gemeenskappies, kolonies met grondpaaie en inteelgeskiedenis, het deelgeneem. Waar ook al ons skoolkoor gesing het of 'n pannekoek te koop was, het daar 'n gedaante opgedaag met 'n sash en 'n titel, maer wesens met woestynvelle, skroefknieë, afdaktande en spraakprobleme het gespog as prinsesse en koninginne. Mejuffrou Oesfees, Mejuffrou Koring, Mejuffrou Armdruk, Mejuffrou Gasstoof, Mejuffrou Gasbottel, Mejuffrou Gas, Mejuffrou G, enigiets was 'n goed genoeg verskoning vir 'n satynrok en goue skoene.

Ek maak klaar met skool en gaan studeer musiek op Stellenbosch. My eerste naweek terug op die dorp loop ek vas in Tannie Pauline. Sy was 'n lang, maer vrou met pikswart hare en 'n ongelooflike groot bril met baie dik lense. Dit het gelyk of daar plankton en klein vissies in was. My pa het altyd gesê daar gaan nog eendag borrels by haar mond uitkom. Maar daar het nooit nie, net miljoene woorde. Sy keer my vas voor die raamplek.

Jy kom of jy gestuur is, sê sy, Jy gaan mos nou vanaand niks maak behalwe moeilikheid nie, ek laai jou vyfuur op, ons kan doen met nog twee hande.

Ek sê, Wat gaan aan?

Lewe jy in 'n kissie? vra sy, Die hele wêreld weet Essatjie neem vanaand deel aan die skoonheidsding, dis net hier buite op 'n plaas, dis 'n groot storie, hulle oefen al heeldag om te loop.

Essatjie was Tannie Pauline se dogter, sy was al die jare saam met my in die klas, maar ons het elke middag na skool van haar vergeet en dan eers weer onthou as ons haar sien. Sy was so stil soos deeg, sy't nie gepiep, gehoes of gehik nie, sy was morsdood, spierwit met draadhare soos 'n markmielie en klein bloedrooi ogies soos 'n hartseer muis. Tensy sy parkeerplek aanwys of stoele pak was daar nie 'n manier waarop sy met skoonheid te doen sou kry nie.

Ek is vyfuur gereed, sê ek.

Die middag trek ek vir my mooi aan, swart broek en hemp, op-slaanmoue, twee knope los en 'n kettinkie met 'n kristal. Tannie Pauline laai my op met die familiekar, sy is geklee in drie lae seegroen kant, sy lyk soos mos op 'n grafsteen.

Jy weet, sê sy, My kind is nou nie juis iemand wat jy opmerk nie en die engele het ook maar verbygevlieg toe hulle verstand kom uitdeel het, maar sy's 'n mens, sy kan nie net so sit nie, en deesdae kry 'n meisie net geleentheid as sy 'n ding wen of 'n naam dra, dis hoekom ek haar toe inskryf. Ek weet sy's nie mooi nie, die oom skrik nou nog, maar as ek haar net iewers kan laat wen, dat sy net sit met 'n titel en 'n tiraia of 'n ding.

Ek sê, 'n Tiara.

Ja, sê sy, 'n Tiraia en 'n sash, dat iemand haar net kan opmerk, sy hoef nie maan toe te vlieg nie, sy moet net tot trou kom, al is dit met 'n polisieman of 'n slagter.

Ons draai in by die plaas en tref 'n klip.

Ek het gedog dis 'n wynplaas, sê ek.

Nee, sê sy, Hulle boer met varke en water. Almal drink mos nou uit 'n bottel, kraanwater is nie meer goed nie, hulle sê mense van enige agtergrond vry nou langs die rivier, jy weet nie wie en wat jy drink nie. Nou kies hulle Mejuffrou Bergwater, vir publisiteit, sy moet natuurlik wees en rein. En reiner as Essatjie kry jy wragtag nie.

Ons hou stil voor 'n skuur. Ek ruik braaivleis en iewers speel treffers uit die Groot Trek.

Kry net Essatjie se rok, sê Tannie Pauline, Dan vat jy dit agtertoe, ek moet gaan uitvind wie judge.

Op die agterste sitplek lê die rok. Dis 'n heuwel van valle in die helderste pienk tot op datum.

Hierdie ding gaan byt as hy wakker word, sê ek.

Tannie Pauline stoot haar bril op. Tussen die plankton deur kan ek sien dis 'n vuil kyk. Sy loop skuur toe, ek loop agterna. Met elke tree verskuif my grense. Daar is honderde mense, ghoffels met kortbroeke, wit beenhare en vierkantige skoene, reusevrouens met blokborste en moord-arms. Ek loop agterom en soek 'n deur. In 'n kombuis is 'n span vrouens besig voor stowe. Soetgoed en soutgoed, flora en fauna, plaasdiere en hulle voer, alles braai in vet. In die hoek is lakens gespan. Ek loer om en ontdek die deelnemers van Mejuffrou Bergwater.

'n Maand vroeër, tydens die ontgroening van die eerstejaars, moes die inwoners van 'n manskoshuis aandrokke maak uit beddegoed en straataf loop daarmee.

Dis so onnodig, het 'n ouerige dame gesê, Aaklig en boos.

Aaklig en Boos was ook die name van twee trolle in 'n kinderverhaal wat eenkeer oor die radio gelees is. Mense wat dink hulle weet watter onheil daar op aarde is, moet gaan loer om 'n laken by Mejuffrou Bergwater om te besef hoe donker die dade van die mensdom kan raak.

'n Meisie met 'n beesgesig kyk vir my. Op haar kop is eenduisend lokke in 'n toring gemessel.

Waar is Essatjie? vra ek.

Ha agter, sê die meisie.

Ek stoei tot voor 'n toilet en klop aan die deur. Die deur swaai oop. Heel eerste sien ek twee modderskoene. Bo-op lê 'n kakiebroek. 'n Entjie boontoe is twee rooi boude aan die wikkel, nog hoër is 'n plaastan en heel bo 'n dik nek met bultende are. Aan weerskante steek twee spierwit bene uit en aan die bokant 'n kokon van mieliebaard.

Waah! skree die plaastan en die boude kom tot stilstand.

Sjoe, sê die kokon.

Ek sê, Essatjie?

Die kakie vlieg boontoe en die eienaar strompel by my verby. Dis Groot Herman van die transport. Essatjie hang oor die bak soos lank terug se blomme.

Dis die lipstick, sê sy, Hy sê dis soos 'n knop wat jy nie kan afsit nie.

Die aand was 'n nagmerrie. Essatjie het niks gewen nie en ek is 'n dag later terug universiteit toe. Blykbaar het sy drie maande later begin wys. Tannie Pauline was so kwaad, my pa sê daar was een Sondag 'n haai in haar bril.

Blykbaar wou Essatjie trou voor die baba kom, maar Herman was lankal dorpuit en het anderkant Clanwilliam gaan woon met 'n geskeide vrou. Net een keer 'n week kom hy trokke laai. Maar Essatjie het bly glo hy gaan omdraai. Sy't bly verwag so lank sy kan, hulle sê tien maande, maar toe kom die kind, hulle sê hy was so groot, 'n week later eet hy al vleis. Hulle sê na 'n tydjie was alles weer rustig, as jy 'n titel soek, kry jy nie beter as Ma of Ouma nie.

Maar hulle sê, nou nog, op 'n Sondagaand, dan staan Essatjie op die kant van die dorp, sy kyk hoe kom die trokke in. Herman ry lankal nie meer nie, hy't sy eie besigheid op 'n ander plek. My ma sê hulle bou nuwe paaie, nuwe geboue, nuwe besighede, mense trek weg, nuwes trek in, maar Essatjie staan.

(uit die *Coronâtion*-verhoogproduksie, 2009)

Slap kar

Ek is twintig jaar oud en studeer aan die Universiteit van Stellenbosch. Middae na klas stap ek verby Volkskas, Trustbank en die Midnight Grill, draai regs in Dorpstraat, links oor die watervoor tot by 'n klein bont huisie met 'n skewe voorhek.

Hier het Ant Molla gewoon. Sy was mal oor varings en bont kolle. Sy was familie van iemand wat my ma geken het en het elke middag gewag dat iemand kom tee drink. Sy't 'n stoof gehad sonder 'n oond en het elke tweede dag 'n sponskoek gekoop en dan gesmeer met rooi konfyt en dik, yskoue vla, party dae het sy hom gepak met Smarties. Sy't vir ons elkeen 'n breë skyf gesny en tee geskink in deurskynende koppies. Dan sit ons op die stoep en kyk of iets verbykom.

Op 'n dag ry 'n blink, slap kar af met die pad.

O, sê ek, Ek wil eendag so een hê.

Om drankwinkel toe mee te ry? vra Ant Molla.

Hoekom? sê ek.

Dis wat hulle doen, sê Ant Molla, Ek het hulle al baie daar sien uitkom.

Hoekom? sê ek.

Daai kar is al wat hulle het, sê sy, As hulle daar uitklim, is hulle niks. Dan moet hulle drink.

Hoe bedoel Ant Molla? sê ek.

Mense wil grand wees, sê sy, Iemand anders as wie hulle is. Jy moet sien hoe lyk daai twee as hulle uitklim. Die vrou is een van dies wat jy net sien in 'n dwaalkerk, spierwit hare, maar dis 'n pruik, jy kan hom sien oplig op 'n warm dag, dan plak sy vir haar wimpers, sulke dik swartes, en dan kyk sy vir jou, daai oë sit so uitgeskop soos 'n spinnekop as hy wil eiers lê, en die res van haar storie druk sy by 'n outfit in wat sal styf sit om 'n breipen. Maar hy like dit. Hy's so oud, hy moes al 'n roepstem gehoor het. En kort, so hoog soos 'n posbus. Met 'n uitstaanken, jy't nog nooit so 'n ding gesien nie, as hy in die reën staan lyk dit soos 'n voëlbad. En binne-in die kar is hulle nou 'n sukses, maar as hulle uitklim, niks. Voor die drankwinkel, ek hoor hoe skree hy vir haar, Lovey, hoeveel wyn? Dan skree sy terug, twee dose! Hyself koop brandewyn, drink dit met gaskoeldrank.

Ek sê, Maar ek wil eendag 'n mooi kar hê.

Ja jong, sê Ant Molla, Dis in ons bloed, ons wil afshow. Elke Saterdag is hier oorkant 'n troue. Waarmee kom daai bruid hier verby? 'n Koets. Wie ry met 'n koets? Die wind waai, dis stof, op elke tak sit 'n duif met 'n vol maag, die perd pie, die karre toet, maar die bruid sit, dis haar dag om te wys wat is sy gewoond en wat nie.

Ek sê, Maar dis mos mooi.

'n Meermin is ook mooi, sê Ant Molla, Maar ons woon op land. Dis waar jy pas en waar nie. My vriendin wat so vlieg, sy sê daar's plekke, ek kan nie onthou nie, Oostenryk of New York, waar jy kan koetsry net wanneer jy wil, dis hoe dit daar werk, daar's 'n paadjie daarvoor, jy sit nie soos 'n bobbejaan hier op 'n Saterdag en hou die hele dorp op nie, en as jy om die hoek is, dan klim jy in 'n kar nie.

Ek sê, Dis seker maar net 'n fantasie. Soos in 'n feëverhaal.

Presies, sê Ant Molla, In 'n feëverhaal vrek jy aan gif of 'n wolf vreet jou op of jou koets word pampoen. Daar's niks grand nie, my vriendin sê daar was 'n regte koning, sy naam was Willem of iets, wat so bang was sy onderdane maak hom dood, hy't 'n dool-hof laat bou in sy kasteel, dit staan nou nog, in Oostenryk of New York, toe verdwaal hyself, hulle't net sy tande en sy belt gekry.

Ek sê, Nou wat moet ons dan doen? Ons moet mos ideale hê.

Natuurlik, sê Ant Molla, Maar jy moet eers uitvind waarvoor jy gemaak is. En jy moet dit soek by jouself, nie by ander mense nie. Alles is klaar hier. Jy kan vir jou 'n paleis bou met 'n goue toilet, jy kan dorp toe ry op 'n vuurpyl met fraiings, maar jy sal sit met wat jy gekry het. Dís wat jy moet versorg. Dis hoe alle gemors begin het, mense wil grand wees, maar hulle weet nie waar om te kyk nie. Jy moet 'n slag hier op met die pad, dan kyk jy hoe bou hulle die Here se berge toe. Nie 'n huis waarin jy jou siel kan raakloop of 'n kind met 'n sterk hart grootmaak nie, net 'n ding wat almal kan sien. Met marmer, graniet, terracotta, siersteen, sandsteen, klippies, rotse, tralies, torings, tossels, trappe, tapyte, tapisserieë, teëltjies, terrasse, pilare, suile, gewels, watervalle, visdamme, swembaddens, fonteine, poeletjies, plassies, beelde, mosaïek, kartels, kronkels, krulle, hoeke, heuwels, hysers, swaaie, draaie, paadjies, poue, ponies, honde, heinings, hekke, wagte, kameras, interkomme, opritte, afritte, lanings, liggies, lapas, oop stoepe, toe stoepe, rondawels, tuinhuise, gastehuise, pophuise, afdakke, opdakke, skewe dakke, seile, sambrele, koepels en markiestente.

Ek sê, Dis almal se droom om eendag so te woon.

Laatslaap in die middel van die week, dis grand, sê Ant Molla, Blomme pluk in jou eie tuin, dis grand. Sponskoek met vla, dis grand. 'n Painting wat na 'n honderd jaar nog mooi is, kerse brand vir ontbyt, briewe skryf met die hand, opdaag wanneer jy nodig is, stilbly wanneer jy nie is nie, dis grand. 'n Grand mens weet wie hy is, hy sit nie op koerante nie, hang nie aan die pale nie, skree nie Stem vir my! nie, die engele het klaar gestem toe hulle jou aarde toe gestuur het, nou wil jy jouself opblaas en ander kom regeer, want jy's bang hulle vergeet van jou.

Die slap kar ry weer voor ons verby. Ant Molla eet 'n Smartie van die koek af en skink nog tee.

Ja, sug sy, As Jan van Riebeeck gebly het waar hy moes, het ons nie nou hier gesit en kyk hoe Dooswyn en Voëlbad op en af in die pad nie. Dan't ons nou 'n cocktail gedrink. Rustig gesit in 'n plek. Oostenryk of New York.

(uit die *Coronåtion*-verhoogproduksie, 2009)

Die menseras het nog altyd die neiging gehad om onheil, rampe of die waarheid te probeer eenkant skuif. Dit word gewoonlik gedoen deur middel van tegniese uitvindsels of tuis-apparate. Terwyl berge sjokolade en meel saampak in en om boude en bobene, word daar vir ure rondgesit met rekenaars vol blogs en ledigheid. Terwyl varkvet en margarien in en om harte saampak en are blokkeer, word daar soos marmotjies geklou aan selfone en laf gebabbel. Vir jare word daar gestaar na twyfelagtige televisie terwyl breine verkalk, versteen en verkrummel.

Hierdie is nie 'n nuwe neiging nie, twee of drie dekades gelede is menseregte, diereregte en die verval van die planeet geïgnoreer met die hulp van aktiwiteite soos handwerk en tuisteskepping.

Een van die grootste gruwels het bekendgestaan as batik. Met die hulp van lap, ink en kerswas is inspirerende tonele uitgebeeld in geel en oranje en gehang teen siersteenmure, preekstoele en skoolfoyers. Kort hierna is dwelms ontdek en die eerste potplant gerook.

Nog 'n geliefde tydverdryf was spykerkuns. Rye en rye spykertjies is in planke geslaan. Helder gare is gebruik om prentjies te span. Seiljagte, palms en piramides was gunstelinge.

Net hierna is die aarde meegevoer deur 'n brander van macramé. Dik toue is geknoop en gespan tot kort en lang hangmatte vol krale en tossels. Die lelikste plantjies in die natuur is dan opgespoor en hierin gehang, virusvarings, akneerosies, mangelbolle en hang-dons. Hierdie swaaiende grafte het op hulle beste vertoon naby kaggels, op toegeboude stoepe of terrasse met leiklip.

In dieselfde tyd het twee lesbiërs vuurgemaak op hulle plot en mal geword met 'n bol klei. So is pottebakkery gebore. Moerasse en rivierwalle is geplunder en gepleister tot bakke, borde en bekers. Terwyl die reënwoude begin val het en die osoon begin verdwyn het, het mense vir mekaar uitjies en cheddar bedien op dik bruin baksels, beskilder met die hand.

Daar was geen einde aan die kunssinnigheid van die mensdom nie. My ma se suster met die hoofpyne het bottels geplak met kleingeld en op luidsprekers uitgestal. Corlia Joubert se ma het begin kerse draai. 'n Doodgewone kers is gedoop in bont was en dan in koue water. Die resultaat was die binneoor van 'n dowe draak. Dit is gesprinkel met glitter en aan die brand gesteek by troues en etes vir bejaardes. Dertig jaar later is gemeenskappe nog steeds besig om kerk- en skousale los te kap uit lae en lae bont was.

'n Paar stokperdjies was van korter duur, maar sal ewig in ons geheues broei, vereruikers, tolletjiedraai, stillewes geskilder op sy, tonele geplak uit vuurhoutjies, sandkuns, kousblomme en woljuwele is maar enkeles. Niks kon ons egter voorberei vir die grootste gier van almal, die skeppingsdrang wat ons lewens sou oorheers vir maande nie.

Ek was op hoërskool en het die dag net teruggekom van 'n kooroefening toe my ma uitasem by die voordeur instorm met 'n plank en 'n kissie.

Ons doen houtsneewerk, sê sy, Ons neem klas by Tannie Trix.

Sy hou die plank uit.

Kyk, sê sy, Ons begin met varkblomme, dis langer lyne tot jy vlot is met die beitel. Ek maak 'n paneel vir om die kaggel.

Daai aand begin ons familie se lang verbintenis met visvingers. Ons kinders en my pa moet self regkom, my ma beitel in die buitekamer. Eers ses weke later eet ons weer kookkos en die kaggel is geraam met varkblomme.

Maar dis net die begin. My ma en elke ander vrou is besete. Hulle kerf kasdeure, voordeure, garagedeure, koffietafels, stoele, kopstukke, wiegies, skinkborde, kiste en doopvonte. Hulle beitel blomme, vrugte, vlamme, familiewapens, engele, oorloë, meerminne en leeus. Daar is nie meer 'n gladde oppervlakte op die dorp nie, alles is bruin en ruik na olie en vernis. My ma se gunsteling staan op ons eetkamertafel, 'n Sleg Susan, gekerf tot 'n groot protea. Dit draai al in die rondte met neute en rosyntjies.

Een aand sit ons om die tafel.

Kan 'n mens doodgaan van visvingers? vra my boetie.

Vis maak jou slim, sê my ma, Watter ander kos kan swem?

Toemaar, sê my pa, Mamma is nou klaar gekerf. Wat eet ons môre?

Môre kom die trokke met die hout, sê my ma, Ons gaan al die stadsaal se skuifpanele oordoen. Trix het alles ontwerp. Ons tema is die vrou, as moeder, kampvegter en koningin. Mevrou Louw gaan sit as model.

Daai nors ding, sê my pa, Wie wil haar rondskuif?

Sy't al die hout gekoop, sê my ma, Sy's nie nors nie, sy't net 'n druppelkop.

Wat is 'n druppelkop? vra ek.

In kuns kry jy drie soorte gesigte, sê my ma, Een daarvan noem 'n mens die druppel. Die oë, die wange en die mondhoeke is gebuig na onder, dit skep die skep illusie van iets wat hang, soos voor uit 'n kraan. Hierdie gesigte is altyd ongewild omdat dit lyk of hulle verveeld of beterweterig is. Mense met druppelkoppe is dikwels eenkant en het hulle eie besighede of meer as een graad. Die tweede soort is die volmaan. Soos ons familie. Hulle is vriendelik en word as prettig ervaar, alhoewel mense nie baie daarvan hou om aan hulle te vat nie. Die derde soort gesig het lewendige oë, wat dan lei tot maer wange en 'n ken, soos dié van aktrises of gemsbokke, dit word die wynglas genoem.

Daai aand huil ons almal onsself aan die slaap want ons is vol-maan. Die volgende dag begin die dorp se vrouens kerf. Uit tonne en tonne hout verrys Mevrou Louw se druppelgesig. Lank nadat die stadsaal se panele voltooi is, kerf hulle nog, hulle skaaf en ver-nis totdat die dorp bedek is met Mevrou Louw se giftige ogies, haar bitter wange en haar venynige mond. Vanuit heinings, hekpale, kosyne, foyers en plafonne volg sy ons met haar onvergenoegde staar. Die dorp word stil en ongemaklik. Ons bly by die huis. Terwyl die mammas hulle houtsneewerk toegooi en beiteltjies be-grawe, bel die pappas rond vir werk op ander dorpe.

Onlangs het my broer kom kuier van oorsee en gaan foto's neem op ons dorp. Hy sê daar's nog steeds niks mense nie. Maar hy sê hy weet nie hoekom nie, dit lyk deesdae orals so. Hy sê toe hy land, toe werk Mevrou Louw by vier van die doeane se toonbanke, hy sê sy bestuur taxi en hy't haar al in 'n paar banke agter die glas gesien. Hy sê jy kan op CNN sien Mevrou Louw is nou in die parlement, sy werk by die Lotto en is hoog op in welsyn. Hy sê daar's niks wat 'n mens kan doen nie, daai gevreet is orals.

Ja, sê my ma, Nou dat sy daaraan dink, al het ons weggetrek, jy loop jouself elke dag vas in 'n druppelkop, 'n ding wat te suur is om te sien die lewe is goed of te grand is om dit te wys. Sy sê jy glimlag maar en stap aan. En by die huis is jy koning. Jy skep jou eie wêreld. Jy bly net weg van hout en vis.

(uit die *Winter Show*-verhoogproduksie, 2009)

Bel

In Mei 1979 het Tannie Helen by die skoolhek haar motorruit afgedraai en vir my geskree: Sê vir jou ma sy moet my bel.

Ma moet vir Tannie Helen bel, het ek by die huis gesê.

Ek kan nie nou nie, het my ma gesê, Sy praat te lank. Sy vat alles met 'n draai. Dan vat sy 'n uur om weer op die spoor te kom en dan weerspreek die einde die begin heeltemal. Dan's dit asof jy nooit gebel het nie, sy't haarself gekanselleer. Ek sal later.

Drie maande later word Tannie Helen se seun, Hentus, beseer by die skolerugby. Hy moet narkose kry dat hulle sy voet weer kan vorentoe draai. Van toe af is hy heeltyd uitasem en begin bewe as hy geel sien.

Ek moet vir Helen bel, sê my ma, Dit kan nie maklik wees met so 'n beskadigde kind nie. Hulle sê hy was nou die dag byna dood. Sy't hom in die kar vergeet met 'n pynappel.

'n Jaar later begin die onluste weer vlamvat en die reserviste moet saans wagstaan. Oom Kitshoff stel 'n slagyster in sy voortuin. Twee nagte later roep Tannie Kitshoff die reserviste vir sop en Tannie Helen se man trap die slagyster af. Hulle sê dit was so 'n skoon hou jy kon hom maar net 'n Disprin gee en sy broek toe-stik.

Ek moet vir Helen bel, sê my ma 'n maand later, Dit kan nie maklik wees met 'n man wat saans sy tande en sy been moet bêre nie. Dis soos om 'n puzzle weg te pak.

Ek maak klaar met skool, studeer aan die universiteit en gaan woon in my eerste woonstel in die Kaap. Op 'n Sondag gaan kuier ek by my ma-hulle.

Sit, sê my ma, Ek kry net 'n stuk papier. As ek dit nie neerskryf nie, gaan ek daai vrou nooit bel nie. As 'n mens kan weet wat om te sê.

Ek sê, Van wie praat Ma?

Helen, sê my ma, Die klomp vrouens het mos nou vir haar 'n brief geskryf. Kyk sy dra mos al vandat sy mondig is daai kort rompies. Maar die tyd stap aan en daai spinnerakbeentjies met die twee langafstandknieë is mos nou nie iets wat jy wil sien as jy in hierdie leeftyd weer 'n bord kos wil opeet nie. Toe't van die vrouens vir haar 'n briefie geskryf om te sê hulle dink nie dis gepas dat sy so loop nie, in die wind en in die oog, hulle beveel aan sy gebruik mooi helder lint en stik dan 'n strook vas so al om die rompe. Ek weet nie of dit die beste raad was nie, die padwerkers plak so 'n strook om 'n boom as hy moet af. Nou't ons haar weke laas gesien. Dit voel so half 'n mens moet maar bel. Maar 'n mens bly vergeet, jy's mos besig.

Vyf jaar later verlaat ek die Kaap en kom woon in die Noorde. Ek voel heeltemal vreemd en verlore en bel my ma om te sê die beskuit is op. Die foon lui net een keer, toe tel sy op.

Ek staan nou net hier en dink ek moet seker vir Helen bel, sê my ma, Ek weet nie hoeveel een mens kan vat voor sy knak nie, dit werk mos so, party mense kry al die houe.

Ek sê, Wat makeer?

Het jy nie gelees van die vliegtuig wat moes land nie? vra my ma.

Ek sê, Ma, alle vliegtuie moet land.

Ja, sê my ma, Maar hierdie een het net 'n draai gemaak, om die toring, toe moet hy kom sit. Helen was binne-in daai vliegtuig, met die slagysterman en die verlepte kind. Vyf jaar het sy gespaar vir die vakansie by een van daai plekke met hutte en hiënas. Blykbaar het die vliegtuig net sy punt gelig, toe raak hulle sitplekke los. Hulle gly toe af met die paadjie tot heel agter by die toilets, mooi in 'n ry soos eendjies in 'n leivoor. Toe moet die vliegtuig kom land. Blykbaar sê Helen dis heel moontlik sy wat hulle losgeskroef het, sy's heeltyd besig om die been te verstel, maar die man en die seun is toe heel ontwrig en wil net huis toe. Blykbaar het die lugredery om verskoning gevra en toe drie sitplekke in hulle huis kom vasskroef, reg voor die TV. Daar sit hulle nou elke aand soos drie tjops in 'n pan. Nou moet ek seker maar bel om te sê ek is jammer oor die aardigheid, maar 'n mens wil nou ook nie klink of jy nuuskierig is nie.

Intussen het ek al 'n paar keer verhuis en so ook my familie. So 'n paar maande terug bel ek huis toe. My pa antwoord.

Jou ma lê, sê hy.

Ma lê nooit, sê ek, Wat gaan aan?

Sy's bietjie om, sê my pa, Sy't vir Tannie Helen gebel.

Uiteindelik, sê ek.

Hulle't nie gepraat nie, sê my pa, Tannie Helen is tien jaar terug oorlede. Die ou oom ook. Hentus is nou in 'n plek waar hulle hom oppas, maar hy wou nie praat nie. Die foon is seker geel. Jou ma voel maar sleg.

Nou wanneer laas het sy dan met Tannie Helen gepraat? vra ek.

In 1975, sê my pa, Ek sal sê sy moet jou bel.

Hy sit neer.

Deesdae bel ek maar gereeld, sodat my ma nie hoef nie. Sy voel sleg genoeg.

En dit alles kom hierop neer: As jy nie lus is vir iemand nie, as jy nie aanklank vind nie, as jy nie tyd het of die behoefte nie, laat hom gaan, iemand anders sal hom bel. Jou gewete kan jou dood-maak, jou verpligtinge ook. Gee jou tyd aan dies wat lê in jou hart. Dis oorgenoeg.

(uit die *Winter Show*-verhoogproduksie, 2009)

Voëltjie

Ek het nou die dag weer in die bad gesit en kyk, ek het bitter min letsels vir iemand wat as jong kind en tiener ten minste een keer per dag flou geval het. Nie dat ek ooit sieklik of swak was nie, ek het net vreeslik gegril. Van geboorte af, vir enige ding van moedersmelk tot pap tot fyn groente tot oranje koeldrank, yskastert, bordkryt, koorsang, nat gras en lewendige diertjies. Soos wat ek ouer geword het, het die lys langer geword, wildsvleis, ou ooms in kortbroeke, rou hoender, sweetpakmateriaal, plastiektafeldoeke, wit wimpers en sandale, ek het in my spore gesterf.

Die ergste was die kindertjies op skool, die heeltyd al om jou, warm en stink, ek moes veg om my bewussyn te hou. En dan haal hulle hul troeteldiertjies uit, paddas, verkleurmannetjies, muise en sywurms. Ek het altyd flou geval in 'n s-vorm, soos 'n olielamp met 'n kort lont, ffff!

Dan het almal gegil en in 'n sirkel gaan staan.

Gee hom net lug! het iemand dan geskree, die juffrou, my ma of my pa, waar ook al ek ineengestort het.

Tot vandag toe is dit eintlik wat ek wil hê, vir my verjaarsdag, vir Kersfees en enige ander dag, net 'n bietjie lug. Ek is al heelwat beter, ek is mos mooi groot en verstaan en ek is nie alleen op die aarde nie en smaak verskil, opvoeding en verstand ook. Maar daar is 'n paar goed waarvoor ek bly ril tot in my breinvlies.

Een daarvan is vreemde mense se hare. In 'n rolprent of in 'n motor aan die anderkant van 'n snelweg is dit heeltemal in orde. Maar wanneer jy in 'n restaurant sit en die kelner vat aan sy hare en bring dan jou kos, of die persoon voor jou in die vliegtuig ontdek sy stoel kan sak en sy hele velkondisie kom sit reg voor jou, of die studente voor jou in die fliek se nekke is af en hulle koppe moet hang oor die leuning, wil ek vir maande in 'n bondeltjie gaan lê.

Maar die ergste van alles is 'n voëltjie.

'n Voëltjie is 'n klein, oulike dingetjie met veertjies en 'n bekkie. Saam met sy duisende maatjies hop hy in jou tuin rond, eet saadjies en stuifmeel en koer dan in die bome sodat jy elke oggend in die paradys wakker word en saans weer daar inkruip. Niks is mooier as dit nie, dis die beste herinneringe aan kleintyd by my ouma-hulle tussen die honderde eikebome. En dis waarna ek soek wanneer ek 'n nuwe huis gaan koop.

Maar af en toe hop so 'n voëltjie by jou voordeur in tot binne-in jou huis. Die voëltjie kyk dan rond en sien jou huis is minimalisties en spierwit. Tot die mat en die kunswerke is wit. Die voëltjie verander dan in 'n histeriese, fladderende, tjirpende, blertsende klein orkaan. Die feit dat die voëltjie dan voortgaan en jou lewensinkomste, jou aandenkinge vanoor die hele wêreld, die klavier waarvoor jy tien jaar gespaar het en die kristal wat al driehonderd jaar in jou familie is, verwoes, of die feit dat die voëltjie alles raak spring behalwe die oop voordeur, dis nie my grootste ontsteltenis nie. Dis dat ek gril van my murg tot in my buitenste ruim. Want ek weet binne-in die bonsende dom dingetjie is daar senings en organe, 'n hartjie wat klop, ingewandes en middagete. En ten spyte van die feit dat ek wil opgooi tot ek so dun is soos 'n pamflet, skree ek vir hom, Gaan uit! Draai net om! Gaan na die deur toe! Maar hy kies die toe ruit. Plplplplpl!

So is ek op 'n dag op pad om 'n toespraak te maak by 'n damestee. Ek het baie duur skerppuntskoene aan, pikswart pak, twee nommers te klein, ek is in die laaie, ek soek 'n gepaste borsspeld. Ek is nou nog nie seker of dit die prentjies van Coco Chanel, Napoleon Bonaparte of Mevrou Diederichs was nie, maar op 'n stadium het ek besluit die toppunt van styl is 'n ding op jou bors. Dié dag besluit ek op 'n groot sirkel van diamante. Ek het net my sleutels in my hand, toe hoor ek die glas. Ek hardloop af in die gang. Daar's 'n voël op die tafel en 'n blompot op die vloer.

Ek het nie tyd om te dink nie. Ek hardloop oor die pad, niemand is by die huis nie. By die volgende huis is daar ook niemand nie. Twee strate later sien ek 'n man sit in 'n bakkie. Ek klop aan sy ruit.

Ek sê, Meneer, ek weet nie rêrig waar om te begin nie, maar ry net asseblief agter my aan.

Hy kyk my verstom aan. Ek ry nie agter 'n man met 'n borsspeld aan nie, sê hy.

Ek sê, Meneer, dis 'n medalje. Help my net, ek is jou medemens.

Ek hardloop tot by my huis. Die man stop en kyk deur die ruit.

Wat nou? sê hy.

Ek sê, Kom net in. Kom vang die voëltjie.

Ek gaan vir jou foeter, sê die man.

Ek ruk sy deur oop.

Ek sê, Meneer, ek lewe al veertig jaar met die wete dat ek op die verkeerde tyd op die verkeerde plek gebore is. Ek gril en ek val flou, ek koes en ek huil, maar ek is nog steeds hier. Ek dra 'n borsspeld sodat ek kan afkyk na iets moois wanneer ek voel ek kan nie meer nie. En oor twintig minute gaan ek vyfhonderd vrouens in 'n saal vertel dat as ek dit kan doen, dan kan hulle ook, en dan môreoggend staan almal op en gaan net weer aan soos voorheen sodat die kleinkoppe soos jy nooit hoef bedreig te voel deur verandering of vooruitgang of emigrasie of selfmoord nie. Maar niks van dit kan gebeur nie, want daar's 'n voëltjie in my sitkamer, besig om alles wat vir my saak maak te verwoes en ek kan hom nie vang nie want hy't ingewande, so al wat ek jou vra in die naam van beskawing en alles wat goed is, is vang net die fokken voël.

Twee minute later staan die man in my sitkamer met die voëltjie in sy hand.

Ek sê, Moet jy dit so vashou?

Hy gooi die voëltjie by die deur uit.

Ek sê, Baie dankie, ek is baie laat, maar kan ek gou vir jou 'n koppie tee gee? Met amandelkoek, likeurstroop, effens versoete mascarpone en gekerfde aarbeie?

Nee dankie, sê die man.

Ek sê, Wat van 'n vinnige koffie en 'n snytjie quiche met sagte Camembert, vars roketslaai en 'n mosterdvinaigrette?

Nee dankie, sê die man.

Ek sê, Kan ek dan net vir jou ietsie gee? Wat van twee klassieke romans gebind in leer met Franse konjak in 'n houtkissie en twee handgemaakte pantoffels? As jy nie gehelp het nie, het hy nog 'n blompot gebreek en ek het nog nege van daai soort oor. En ek wil net sê ek is jammer oor die borsspeld, die meeste van die ander vierhonderd is 'n bietjie meer gedemp.

Wat makeer jou? sê die man.

Ek sê, Ek is 'n klein bietjie oorgewig, wat bedoel jy?

Al die goed, sê die man, Wat gaan jy so aan? Jy kan mos net sê dankie of wil ek water hê.

Dis hoe ek is, sê ek, Dis goeie maniere.

Nee wat, sê die man, Dis soos 'n hond met 'n vlooi. Jy moet uitvind wat jaag jou.

Die man is by die hek uit en ek is saal toe. Ek en my borsspeld het daai vrouens vertel die lewe is goed, ons het hulle geïnspireer en opgesweep. Op pad terug het ek vir my 'n armband en 'n blompot gaan koop. Vir my kom sê iets jaag my.

En by die huis het ek my voordeur toegehou. Niemand hop weer by my huis in nie. Is my goed.

(uit die *Winter Show*-verhoogproduksie, 2009)

Hoes

Die Hugenote Kollege op Wellington het drie dameskoshuise ge-
had. By een van die drie was Tannie Gesie die koshuismoeder. Sy
was my ouma se boesemvriendin en ek het as klein seuntjie ure
saam met haar in die kombuis deurgebring. Dit was 'n baie groot
kombuis met inloopyskaste en lang staaltoonbanke. Partykeer
het ek bo-op die toonbank gesit tussen komme en komme vol
rooiworsies. Ek was mal oor rooiworsies.

Vat vir jou, sê Tannie Gesie.

Dan gryp ek een en hap. Die rooi velletjie het gekraak as jy byt
en binne-in was hy helderpienk. Eers by die derde hap het ek
onthou van Tannie Mouton. Sy't by die slagpale gewerk en gesê
rooiworsies was binnekant pienk want dis gemaak van varkvel,
hoenderkam en lamswang. Dan sit ek en gril op die toonbank.

Eet jou worsie, sê Tannie Gesie, Almal sê jy's 'n dik seuntjie, maar
dis pragtig. Die maer kinders wil nie met ons oumense gesels nie.
Maak klaar jou worsie.

En dit was Tannie Gesie se ding, klaarmaak. Begin 'n ding en
werk hom deur. Dis oor haar wat ek tot vandag toe nie 'n radio
het nie. Sy't gesê dis radio wat mense so sleg maak. Jy hoor nooit
die einde van 'n liedjie nie, nes jy regmaak vir 'n mooi einde, dan
begin die volgende een bo-oor of iemand praat nonsens.

Dis die einde van 'n ding wat jy met jou saamdra, het sy gesê,
Die slot van die verhaal, die laaste noot van die musiek, die einde
van die oorlog, die afsterwe van 'n geliefde, die laaste treë van die
resies.

Aan die einde van 'n maaltyd eet jy poeding, jy staan nie van 'n tafel af op met 'n soutbek nie. Aan die einde van die jaar vier jy Kersfees, jy sit liggies aan en jy sê dankie dat jy nog lewe. As jy wil Johannesburg toe gaan, vlieg die vliegtuig tot op die lughawe, hulle sit nie die enjin af bokant Kimberley nie. As jy in 'n dubbelverdieping wil woon, bou jy die trappe tot bo, jy klim nie net vyf trappies en wonder dan hoe gaan dit met jou familie nie.

Partykeer was my worsie al klaar, maar Tannie Gesie het nog aangegaan, sy was nie klaar voor sy by Tannie Bernie gaan draai het nie.

Kyk vir Bernie, het sy gesê, Mense dink sy's so eenvoudig oor sy so dom is, en jy sal wel moet ver soek vir 'n meer onnosel grootmens, maar haar probleem is dat sy nou nog sit waar sy gelos is. Dis soos 'n verlore tas, net bagasie, geen adres.

Tannie Bernie was 32 jaar getroud met Oom Kiewiet. Hulle was nie familie van ons nie, maar was blykbaar altyd by, niemand weet hoekom nie. Tannie Gesie sê hulle was 'n vaal egpaar, hulle self het nooit bygedra tot die geselskap, gemeenskap of geskiedenis nie, hulle was van die soort wat altyd gelyk het of hulle wag dat 'n boedel uitbetaal of hulle kinders begin presteer. Tannie Gesie sê na baie jare het dié twee later self besef hulle is nou net mooi niks en nog minder. Sy sê soos 'n ou kar of 'n bakkie begin met 'n geluid wanneer hy 'n diens nodig het, so begin hulpelose of teleurgestelde mense ook uiteindelik met 'n geluid.

Tannie Bernie het begin hoes. Nie 'n verkoue of 'n rokershoes nie, dit was 'n slymlose kug, voor in die mond, elke veertig sekondes, genadeloos en aanhoudend. Tannie Gesie sê in Mexiko is daar 'n groot akkedis wat so hoes dat jy nie op hom trap as hy op 'n klip lê nie. Sy sê dis presies soos 'n naar hondjie. Jy maak die mond oop, gooi die tong plat en dan stoot jy 'n windjie deur die wange. Eh-eh. Sy sê jy kan so 'n mens nooit vergeet of ignoreer nie

Oom Kiewiet was net so erg, hy't begin om 'Ongelooflik' te sê. Alles was ongelooflik. Tannie Gesie sê hy kon praat oor twak soos een wat die koning gebad het. 'Jong, ek was nou vandag daar by 'n man, hy ry nooit iewers sonder om sy spaarwiel te toets nie, ongelooflik.' Tannie Gesie sê jy probeer nog dink wat sê 'n mens nou, dan vat hy hom weer. 'Jong, en toe gee sy vrou vir ons daar tee, sommer in twee bekers, dit was ongelooflik.'

Tannie Gesie sê 'n mens moet diep in jou siel gaan soek na 'n groot rustigheid, want so 'n mens wil jy gooi met 'n steakmes. Sy sê dié twee het so agteruitgegaan, hulle't later nie meer in sinne gepraat nie, sy't net gehoes, Eh-eh, en hy't gesê, Ongelooflik.

Maar, sê Tannie Gesie, Al kan jy 'n volledige moord visualiseer, bly voel jy te sleg om sulke mense weg te jaag, jy sit met hulle. Die familie het later begin drink nog voor hulle stilhou. Blykbaar op een so 'n dag vat my ouma, wat meer nugter was as 'n engel, toe 'n sluk uit die verkeerde glas en ontdek haar ander helfte.

Bernie, sê sy, Almal is al moeg vir my kos, ek dink ons eet hierdie Kersfees by julle.

Sy sê dit was 'n volle minuut voor Tannie Bernie weer gehoes het. Oom Kiewiet het net gesê, Ongelooflik.

Dis dan afgespreek, sê my ouma.

Tannie Gesie sê vir die drie maande voor Kersfees het niemand hulle weer gesien nie. Hulle was óf aan die kook óf bedlêend. En alhoewel dit 'n wonderlike verligting was, het almal Kersdag opgedaag, dit was vanselfsprekend dat iets onvergeetliks sou gebeur. Tannie Gesie sê sy was nie self daar nie, maar blykbaar was die kos net so bleek soos die egpaar: pastaslaai, rys, aartappels en stoomhoender. Sy sê maar iewers in die drie maande moes Tannie Bernie 'n prentjie gesien het of 'n gedagte gekry het, want sy verskyn toe met 'n bruinpoeding vol kersies, gooi 'n bottel drank oor en steek hom aan die brand. En toe hoes sy. Tannie Gesie sê my ouma sê as daai vrou van die Theron-sirkus só kon vuur spoeg, sou hulle nooit toegemaak het nie, sy't laas so 'n bol vuur gesien in die fliek oor Nero. Oom Kiewiet kon glad nie ongelooflik sê nie, sy snor en sy wimpers was weg.

Blykbaar het hy dieselfde aand geloop. Tannie Bernie het gehuil en goed gebreek en flou geword en was toe vir baie maande in die bed. Tannie Gesie sê sy hoes nou elke dertig sekondes. Jy wil haar doodslaan. Jy wil haar aan die nek gryp en sê, Maak klaar. Wees waardig. En raak gesond.

Dertig jaar later, toe die liefde van my lewe my los, was ek vir 'n oomblik mal, ek wou vuur spoeg, 'n vloek uitspreek en bande stukkend sny. Maar ek kon vir Tannie Gesie hoor, Maak klaar, wees waardig en raak gesond.

Ek het vriendelik gegroet. En toe't ek gaan lê. Ek was ses weke in die bed. Maar ek het klaargemaak en opgestaan.

Dit was eers 'n jaar later dat ek begin het met die hoes. Eh-eh.

(uit die *Room for Dessert*-verhoogproduksie, 2009)

Groot poeding

Dis met gelyke en gereelde tussenposes dat daar kort-kort een of ander gek gier posvat op hierdie aarde, iets so onnodig en onnosel dat dit alle verstand te bowe gaan.

Dit was byvoorbeeld 'n doodgewone, selfs gelukkige dag, dat ek by 'n winkelsentrum opgedaag het en ontdek het feitlik almal slof rond in plastiekskoene, vormlose goed vol gate wat klou soos bont kase aan hartseer enkels. Oornag het alles verander, selfs mense wat ek liefhet het verskyn met hierdie dinosourusvoete, en niemand het 'n woord gesê nie.

'n Week later ontdek ek dis nog net ek wat ry met 'n motor. Links en regs van my is net wiele, almal sit in die lug. Hulle ploeg deur die dorp in reuse kasarms. Deur die agterruite loer kindertjies benoud af na die aarde. Ek draai my ruit af.

Hoe laat begin die oorlog? skree ek vir 'n vrou in 'n grys ding.

Maar sy kan nie antwoord nie, daar's te min suurstof daar bo.

Twee dae later besluit 'n los kanon in die parlement die Dalai Lama mag ons nie besoek nie. Netnou word die Chinese kwaad en stuur vir ons minder plastiek. Ek is so ontsteld, ek vat twee dae om my hartklop af te kry. Maar niemand sê 'n woord nie. Ek leef in vrees en verbystering.

Uiteindelik kom kuier my vriendin Marion. Ons eet bobotie. Na twee happe kyk sy vir my.

Nataniël, sê sy, Ek weet hierdie plastiekskoene maak jou dood van binne, maar dis rêrig gemaklik vir die mense en die knock-offs is baie goedkoop.

Sy vat nog 'n hap.

En hoe af is hierdie spul met die trokke? sê sy, Dis soos 'n bobbejaan in 'n woonstel. En móét ons nou die enigste plek op aarde wees wat nee sê vir iemand wat vrede verkondig, dis darem baie simpel.

En op daardie oomblik haal ek weer asem. Om iemand te hoor sê iets is simpel, wanneer dit wel is, dit bly die grootste verligting. Maar hierdie verligting het eers later in my lewe gekom, aan die begin was daar niks.

Ek kan onthou hoe't ek gesit, doodsbleek in my skoolbank en staar na 'n swartbord met 'n sirkel en 'n streep en probeer aanvaar die verhouding tussen die twee is 'n pi, terwyl ek weet 'n pi is vierkantig en het hoender in. Net daarna het 'n kwaai meneer my probeer oortuig dis belangrik om te weet hoeveel mielies is in Ermelo en voor die klok kon lui het 'n malle ons byna doodgemaak met 'n ding genaamd *Raka*, 'n gedig langer as 'n preek in 'n warm kerk.

Ek het altyd probeer rondkyk om te sien of daar nog 'n kind was wat geweet het hoe simpel dit alles was, maar elke keer het ek net vasgekyk in Holde-Marie Richter. Sy het skuins voor my gesit, 'n lang gees met twee sproete op elke ooglid, 'n breë mond soos 'n galjoen en 'n dik geel vlegsel wat soos 'n varkderm oor haar skouer gehang het. Holde-Marie was die dolk in my hart, die lekplek in my siel, die vlam in my jong woede. Sy't heeldag kiertsregop gesit en met haar vier sproete reguit gestaar na wie ook al voor in die klas gestaan het. Sy het aandagtig geluister terwyl sy met haar potlood teen haar onderlip gekap het. Tik-tik-tik-tik-tik, dit was asof sy alle twak in die wêreld by haar gums wou intik sodat dit kan opstyg tot in haar brein en omsit in 'n gifbom waarmee sy dan haar prooi kon verlam.

Sy het presteer soos 'n ruspe in 'n sagte plank. Elke keer as 'n onderwyser begin het met nog een van daai slim vrae – Wanneer 8 mense en 4 perskes ry in 'n trein wat teen 131 km per uur oos-waarts beweeg, hoe laat kom die son op in Japan? – kon ek voel hoe my brein homself begin toeplak met nat velletjies gips, dan het Holde-Marie haar hand opgesteek en 'n antwoord gegee.

Wanneer ons 'n taak moes doen, het ek die Stille Oseaan ingekleur met 'n blou kryt. Holde-Marie het 'n model gebou van 'n olieboor met klein Arabiertjies wat kon rondbeweeg en sê, Gee my 'n dadel.

By die redenaarskompetisie het ek gepraat oor hoe lief is ek vir Racheltjie de Beer.

Holde-Marie het die hele koskrisis in die Sahara opgelos, toegelig met 'n volledige grafiek van 'n opvoukraan.

By sulke geleenthede het sy opgedaag met haar ouers in hulle ver-skriklike klein karretjie. Die karretjie was so klein Holde-Marie moes dubbeld vou om in te pas. Wanneer hulle stilhou het sy gelyk soos 'n slang in 'n kosblik. My ma't gesê hulle het 'n groot kar ook, maar hulle ry dit net tydens droogtes, die oom was bang vir roes.

Die ander kinders het Holde-Marie óf bewonder óf geïgnoreer. Ek wou haar verwyder. Ek het snags gedroom hoe pak ek haar toe met skoolboeke tot sy omsit in steenkool.

So kondig die onderwysers aan die begin van ons matriekjaar aan elke week moet 'n ander leerling 'n gemeenskapsprojek voorlê, ons tema is 'Die geskenk wat aanhou gee'.

Heel eerste is Holde-Marie. Sy daag op met 'n ingewikkelde skema waarvolgens die hele dorp 'n paar sent belasting betaal op elke bottel melk. Volgens haar somme, die agteruitgang van borsvoeding en die groeiende behoefte aan kalsium behoort die ouetehuis dan water en ligte te hê tot 2040. Die dorp jubel en die oumense bak 'n koek met haar naam op.

En dis waar ek besluit dis genoeg, as niemand kan sien hoe simpel dit is nie, sal ek hulle wys. Ek weet in elk geval die enigste ding op aarde wat aanhou gee, is my ouma se donkerpoeding, geen mens of saamtrek kon dit nog ooit klaarmaak nie. Ek besluit ek bak die grootste poeding in die geskiedenis. Hermie se ma het 'n ou bad in die agterplaas, skurwe Daniël het al twee keer die hulpklas aan die brand gesteek, hy kan die vuur maak en ek maal die resep met honderd.

My ouers weier botweg.

Dis te duur, sê my ma.

Ek sê, As Holde-Marie wen, betaal julle belasting tot 2040!

Uiteindelik gee my pa toe. Die volgende Maandag staan die bad op die rugbyveld. Ek en nog tien kinders meng die deeg met besems en toe krap Daniël die kole nader. My ouma se donkerpoeding het uit die bad gerys soos 'n wolk oor 'n beloofde land. Van orals het die mense gekom, met borde, bakke en emmers. Hulle het geskep en geëet. Dik Tannie Myburg moes ses maande later haar milt laat verwyder. Oom Connie is die volgende oggend teen die heining gekry, hy is oorlede met 'n glimlag op sy gesig en sous in sy nek. Die Smitte kon genoeg vries om van te lewe tot hulle die huis teruggekoop het en die res is verkoop by 'n kerkresies.

Ek kon nie die aarde red van simpelheid nie, maar die dag was wel profeties, vandag bak duisende mense my poedings. Holde-Marie het gewen, maar geen mens wou die belasting betaal nie en die ouetehuis sukkel nou nog.

En kort-kort gebeur 'n nuwe ding wat my verstom. En dis seker maar hoe dit werk, die mensdom raak mal en niemand sê 'n woord nie. En vier keer 'n jaar maak ek bobotie of iets en altyd 'n groot poeding. En dan wag ek vir Marion. En dan sê sy daai woord. En dan haal ek weer asem.

(uit die *Room for Dessert*-verhoogproduksie, 2009)

Venesië

Daar kom 'n tyd in elke mens se lewe dat hy of sy hulleself moet beloon of bederf voordat daar 'n enkele tree verder gegee word. Elke mens besef een of ander tyd dat die een ontwykende geskenk of droom nooit bewaarheid gaan word deur iemand anders nie, dis jou eie verantwoordelikheid, nou of nooit, buig of bars, skuld of skande, jy wag nie 'n dag langer nie.

Vyf jaar gelede moet ek 'n interkomstelsel by my huis laat installeer. Ek bel toe 'n maatskappy en hulle stuur 'n lang man met die naam Henkel. Hy was amper mooi met cowboy boots en 'n kettinkie met 'n goue visgraat. Vier dae lank grawe Henkel slote en lê kabels en skroef luidsprekertjies vas en voorsien my van so 'n gevorderde netwerk, ek kan vermiste vliegtuie opspoor.

Op die laaste dag sê Henkel ek moet mooi verstaan, dis nie al wat hy doen nie, hy sit ook beligting in vir tuine, voorsien klank vir partytjies en spuit karre, wat dink ek van 'n brander oor my kattebak.

Ek sê, Man dit gaan bietjie dol nou, ons kan praat op 'n later stadium.

Twee dae later is Henkel toe op 'n later stadium en daag by my huis op. Nee, sê hy, hy was nou in die omgewing, hy wil net kom wys hy verkoop ook tydelike tatoes en hy't glow-in-the-dark stickers wat help dat jy jou yskas kry in die nag. So verskyn Henkel tydig en ontydig voor my deur, blink bootse, kettinkies waar daar ook al haakplek is, demonstreer dinge, maak goedjies reg en dra geskenkies aan, gee tot een Kersfees vir my twee silwer kershouers wat sê, Mount Grace Hotel.

Een middag lui hy weer die klok en sê hy't sy ma in die kar, kan sy net vinnig die badkamer leen.

Henkel se ma is een van daai mense wat glad nie bewus is van wat om haar aangaan nie, maar op een of ander manier oorleef. Sy reageer net op die stem in haar kop. Dié stem sê ook vir haar wat om aan te trek. Sy het 'n vol figuur, is bruingebrand en het van die spierwit spykerhare wat jare terug so gewild was in die Oosblok. Sy blink van die juwele en is net-net bedek deur 'n baie stywe uitrusting, sy lyk soos 'n skaap met kinderklere.

My naam is Claudia, sê sy, Moet net nie vir my tannie sê nie. Henkel sê jy was al oorsee. Ons is almal baie bang vir vliegtuie, kan jy saamkom lughawe toe?

Ek sê, Ek is ongelooflik besig.

Nie nou nie, sê sy, Dinsdag. Dink jy ek sal so casual op 'n vliegtuig klim? Ry net saam, ons sal nie weet waar om wat te doen nie. En dan ry jy weer terug met Henkel. Hy sê julle is baie na aan mekaar. Ek gee nie om nie, al is dit teen die natuur, ek kan alles vat, behalwe suiker, dit maak my mal, maar live and let live. Vlieg 'n mens met oop of toe skoene?

Ek sê, Hoe lank is die vlug?

Ek gaan Venesië toe, sê sy, Maar ek betaal self, so dis goedkoper as ek van hier vlieg tot in Dubai, dan Hongkong, Japan, Israel, Bosnië en dan Milaan en dan vat ek die trein tot in Venesië.

Ek sê, Trek maar gemaklik aan.

Dis my eerste keer, sê sy, Maar dis al wat ek nog wil doen. Net een keer wil ek so afseil in een van daai vore. Op 'n pikswart gordel. As daai matroos my so afroei en hy begin sing, dan gaan ek net so teruglê op daai kussing dat my bloeddruk my vat tot in die hemel, dan's ek klaar.

Ek sê, Die badkamer is af met die trappe.

Nee man, sê sy, Ons het mos nou gelieg, ons kom jou oplaai Dinsdag.

Toe's hulle uit by die deur.

Dinsdag lui Henkel die klokkie 'n uur te vroeg.

Ek sê, Waar's jou ma?

Ek kry haar nie in die kar nie, sê hy, Jy moet eers saamkom huis toe dat jy kan sien wat om te doen.

As daar ooit 'n rolprent gemaak word oor Henkel en sy familie, sal dit feitlik onmoontlik wees om hulle huis te herskep, so iets kry jy net per ongeluk reg. Novilon en varings, glashonde en 'n binnebraai, 'n kroeg van boombas en 'n goue koffietafel, nie die dapperste stileerder in die wêreld kan so 'n wêreld bymekaarsit nie. In die middel van die voorportaal staan 'n riksja, gemaak uit klei.

Ek sê, Mensig, hoe lank het julle dit al?

Van vanoggend af, sê Henkel.

Kry my net in die kar, sê die riksja, Ek gaan . . .

154

Ek sê, Claudia, wat het jy aan?

My goed, sê sy, Dis mos winter daar. En elke tweede mens wat vlieg se tas raak weg. Ek het goed nodig.

Ek sê, Maar jy't dan 'n reddingsboei aan. En 'n opblaasbaadjie.

Dis vir as die gordel tip, sê sy, Ek kan nie swem nie.

Ek sê, En die metaalplaat?

Israel, sê sy, Netnou moet ons afklim. Daai spul bom alles.

Ek sê, En die tafeldoek?

Dis my kantjas, sê sy, Dis hoe hulle lyk in Venesië, ek wil nie uitstaan nie, netnou dink hulle ek's niks gewoond nie.

Ek sê, En die kroon?

Dis vir wanneer ek my kop verloor, sê sy, dan weet ek hy's onder die kroon. Hy was op my troukoek en Henkel se doopkoek en elke ander koek in die familie, ek los hom nie hier nie.

Ek sê, Hulle gaan jou nie so op die vliegtuig toelaat nie.

Maar hulle laat klim tollenaars, moordenaars, diewe, alkoholiste en politici, sê sy, Wil hulle vir my nee sê oor my goedjies en dan pak hulle die vlug vol met leuenaars, huigelaars en hoere?

Sy's nog vies oor my pa, sê Henkel.

My man rol rond, sê Claudia, Hy beland bo-op elke ding met 'n pols en bottel parfuum. Hy werk deur hierdie dorp soos 'n vlieg deur 'n boord. Orals waar ek loop kyk hulle vir my, stomme vrou, maar ek loop regop. Dink jy ek gaan omgee dat hulle vir my kyk oor ek my goedjies aanhet? Ek gaan Venesië toe. En vat myself.

Ek kyk vir Henkel.

Druk jou ma, sê ek.

Hy druk sy ma. En maak al haar valves oop dat sy afblaas.

Nou sal jy inpas, sê ek.

Claudia kyk vir Henkel.

Druk vir hom ook, sê sy.

Henkel kyk benoud vir my. Hy staan versteen.

Ek is hier om te help, dink ek by myself, Hierdie is 'n familie in nood.

Druk maar, sê ek.

(uit die *Room for Dessert*-verhoogproduksie, 2009)

Klein dingetjies

As daar een ding in my lewe is wat ek graag sou wou verander, is dit my laatkommery. 'n Laat mens is 'n sleg ding, onbeskof en onbedagsaam. En dis nie hoekom ek laat is nie, dis ook nie die verkeer of padverbouings nie. Dis dat ek ure voor ek my huis verlaat moet begin met my rondtes. Eers al die krane, voel of almal toe is, dan al die wasbakproppe, almal moet oop wees ingeval 'n kraan self oopgaan. Dan vensters, ek voel dat elkeen stewig toe is, dan die fotostate, daar is bondels fotostate van alles, ingeval iemand inbreek en die oorspronklike steel. Die ergste is die ketel. Hy moet af wees. By die knoppie en by die muur. Op universiteit was ek partykeer al drie blokke van die woonstel af, dan moes ek terugdraai om die plug uit die muur te trek. 'n Mens weet nooit. Dan weer loop ek terug universiteit toe, vyf blokke weg draai ek weer om, gaan haal die ketel uit die kombuis en sit hom in die middel van die gang. Dan weet ek, nou kan hy rêrig nie aangaan nie.

En dis nie oor ek simpel of neuroties is nie, dis hoe ek geleer het kleintyd by Tannie Naudé. Ek praat gereeld oor die mense wat my lewe gevorm of verander het, maar hierdie is die eerste keer oor Tannie Naudé.

Sy was 'n klein, onopvallende vroutjie, altyd geklee in 'n langbroek en top van dieselfde materiaal, oop sandale met blokhakke en, wat ons genoem het, pasteihare. Dit was 'n baie stywe homeperm wat presies gelyk het soos wanneer 'n pastei se boonste deeg te min of te los was en dan in die oond gekrimp het tot in die middel. Sy het net-net te hoog gepraat en haar linkerknie het geswik as sy loop. Daar was niks opwindends aan haar nie, maar sy het my 'n groot les geleer.

Dit was in die dae dat mense nog mekaar geken het en elkeen het altyd 'n bak of bord van iemand anders in sy kombuis gehad. So stuur my ma my eendag om Tannie Naudé se twee groen plastiekbakke vir haar terug te vat. Op elkeen was 'n pleister geplak waarop geskryf was, Naudé, slaai en allerlei.

Tannie Naudé het in haar kombuis gestaan met 'n blou broek en top, blokvoete en 'n vars perm, jy kon regrondom haar kopvel sien. Op die tafel was 'n groot koevert. Sy het 'n pen gevat en oor die hele koevert geskryf, NAALD. Toe het sy 'n naald uit 'n piering gelig en in die koevert gegooi.

Ek was 'n voorbarige kind.

Gaan Tannie die naald pos? het ek gevra.

Weet jy hoekom is die aarde in so 'n toestand? het sy gesê, Want die helfte van die bevolking is op hierdie oomblik op soek na 'n naald. Sonder 'n naald val alles uitmekaar en jy kry hom nooit. Maar in hierdie koevert kan jy hom nie mis nie, jy steek net jou hand uit. Ek hoop jou ma leer vir jou vroeg van die klein dingetjies.

Ja, sê ek, Sy sê ons moenie daarmee speel as ons bad nie.

Die lewe bestaan uit groot dinge en klein dingetjies, sê Tannie Naudé, En dis die klein dingetjies wat die groot dinge laat gebeur. Dis die paar mense wat die klein dingetjies raaksien en onthou wat die groot dinge laat waar word. Die res loop daar agter.

Sy loop tot in die eetkamer, haar knie swik vier keer. Sy wys na 'n foto.

Hierdie is my vorige man, sê sy, Hy was useless. Toe hy loop, toe's hy Piketberg toe om te gaan troukarre ry. Nou daai dorp sit mos teen 'n bult, daar lewe jy mos opdraand soos 'n vol vliegtuig. Sy eerste troue hou hy stil voor die kerk en klim uit om die bruid te gaan help, maar hy sit nie die briek aan nie. Daai bruid is met dieselfde blomme begrawe. Hulle sal die tronk se deur ooplos, dan sal hy vergeet om te ontsnap, want hy's useless. Dis die klein goedjies. Hulle kan van één draadjie vergeet in 'n vuurpyl, dan sal daai ruimteman nie weet hoe moet hy nou maak en waar kry hy weer asem nie. Dis een balk wat sorg dat die skoolsaal regop staan, een skroef wat sorg dat die kerkklok bly sit in die toring, een knippie sout wat sorg jou bobotie wen 'n prys. Ek, hier in my huis, nietig en eenvoudig, skink een keer 'n week 'n glas wyn en sê dankie vir my nek. Mense dink 'n nek is net goed vir pêrels of 'n voorskoot, maar wat sal ek gedoen kry as my kop heeldag hier rondhang? Sê vir jou ma ek het kaartjies vir Vrydagaand, dat sy vir jou bring, dat jy kan sien hoe lyk die lewe vir dies wat die klein dingetjies vergeet. Mens noem dit detail.

Ek sê, Is dit nie dan die konsert nie?

Dis van hom wat ek praat, sê Tannie Naudé, En daai Robyn-vrou met die reguit hare is mos die regisseur want sy't kuns in haar. Sy't antidepressant in haar, sy drink dit oor haar drie kinders net so dom is soos hulle pa. 'n Mens op 'n antidepressant sien net sy eie gedagtes, sy sal nie vir jou kan sê of 'n gat oop of toe is nie al val sy in hom. Elke jaar sak daai hele storie inmekaar, want hulle weet van detail niks. Dié een se pruik val af want daar's nie knippies nie, daai een val hom dood want daar's nie 'n matras agter die muur nie, dan val die muur om, want hy's nie vasgemaak nie, dan speel die verkeerde musiek, want sy't nie die bandjies gemerk nie en dan blaas die lig, want daar staan 'n stoel op sy draad. En deur dit alles kyk jy vas in Boshof Ehlers wat al die hoofrol sing sedert die Skepping. Hy verkoop versekering maar hy dink hy's Humphrey Bogart, dis so warm, voëls val gaar uit die lug, maar hy loop met 'n reënjas. Sê vir jou ma sy moet jou bring, jy's oud genoeg vir die waarheid.

Vrydagaand halfagt sit ons in rye in die skoolsaal, ek voel slim en veilig want ek weet van die een balk. Dit word donker in die saal, daar's iewers 'n harde slag en glas wat breek, iemand skree eina en toe gaan die gordyn oop. Die toneel is New York, dis laataand en dit lyk na winter, want Boshof Ehlers is in 'n reënjas.

Agter sluip die Robyn-vrou oor die verhoog met 'n olielamp vir die volgende toneel en in die hoek kan jy sien hoe steek iemand met 'n nonkostuum kerse aan vir iets wat in 'n kerk gaan plaasvind.

En meteens sien ek nog goed raak, klein dingetjies, soos die gordyne wat waai, wat beteken iewers is 'n venster of 'n deur oop, die non in die hoek wat sukkel met vuurhoutjies en twee kerse omstamp, die Robyn-vrou wat agter New York hurk en nie sien haar rok hang teen die olielamp nie. En Boshof wat reg voor op die verhoog staan. Soos die res, sien hy ook niks.

(uit die *Cathedral*-verhoogproduksie, 2010)

Soos enige skoolseun wat ooit 'n klavierles ontvang het, was daar vir my geen ander keuse nie as om ná matriek te gaan musiek studeer, en wel met 'n onderwysbeurs. In daai dae het beursgeld ongeveer R1 500,00 per jaar beloop. Dit was genoeg vir klasgeld, verblyf, petrol en 'n klerekas wat reeds in my eerste jaar die verkeer tot stilstand kon bring. Nadat ek begin orrel speel het vir begrafnisse en verassings was daar ook genoeg geld vir alle nodige uiteet, drank, sigarette en langspeelplate in my poging om van my maagdelikheid te ontsnap.

So woon ek in my eerste woonstel in 'n baie ou gebou met 'n donker voorportaal en 'n klomp posbussies agter teen die muur. Eendag sluit ek uit nuuskierigheid my posbussie oop en ontdek 'n brief met 'n venstertjie. Dis die bank wat sê ek het 'n rekening. Die het ek geweet, so ek kon nie verstaan hoekom hulle 'n brief wou skryf nie, maar dit was nog steeds 'n groot oomblik, my eerste pos by my eerste adres.

'n Maand later keer die opsigter my voor en sê ek moet 'n plan maak, die mense weet nie meer waar om te parkeer nie. Ek storm na my posbus toe, vragte en vragte pos peul by die gleufie uit en lê in hope op die grond. Ek begin verstom die koeverte oopmaak. Dis van die bank, ek het nog steeds 'n rekening, daar is nou soveel geld in. Daar is briewe van die poskantoor, wil ek 'n foon hê? Daar is briewe van 'n klerewinkel, wil ek 'n kaart hê? Daar is briewe van die weermag wat sê ek moet gaan sterf op die grens, 'n maatskappy wat sê dis tyd vir my eerste polis, nog briewe van die bank, iemand wat mure verf, een wat goggas vergiftig, nog van die bank, die munisipaliteit se vullisrooster, iemand se kat is weg, daar is 'n vergadering oor politiek, die kerk hou 'n kermis en 'n pamflet met erwe naby die see.

Ek gooi alles weg en sit die hele nag wakker. Hoe weet hulle ek is daar? Waar kry hulle my naam? Wat wil hulle van my hê? Kry almal op aarde so baie pos? Hoekom sê hulle dan nie iets nie? Niemand praat ooit oor hulle pos nie.

En so begin ek sluip. Ek verlaat my woonstel voor die son opkom en kom terug in die nag. Ek trek nog steeds aan asof ek deel is van 'n proef, maar ek sluip van boom tot boom, loop koes-koes deur die winkels, eet agter plante en kuier agter pilare.

Net bokant my het 'n vrou gebly. Sy't altyd verskyn in truitjies met knope. Tot vandag toe weet ek nie wat jou die grootste laat skrik in 'n woonstelblok nie, 'n knopiespinnekop of 'n knopies-trui. Verder het sy my altyd aan 'n sponskoek laat dink, sag, bleek en nog nie versier nie. Haar mondhoeke was permanent opgetrek in die tipe glimlag wat 'n verpleegster vir 'n baie siek mens gee. Een aand keer sy my voor in die portaal.

Ek hou jou dop, sê sy saggies, Ek kan sien jy't geskrik. Ek sien hoe bewe jy by die posbus. Dis ons almal se lot. Ons word bekruip, maar jy moet iets doen voor hulle jou kry. Jy moet deel word van 'n groep. Ekself sing koor, dis die veiligste.

Ek sê, Waarvan praat jy?

Sy staan 'n tree nader en praat nou baie sag.

My oom het 'n hond gehad in sy agterplaas, sê sy, Hy't hom gevoer met die beste vleis en veeartspille. Hy't die hond elke dag geleer om kwaaier en sterker te word. Toe word die hond so groot en kwaai, my oom kon nie meer uit die huis uit gaan nie, die hond het die deure gestorm, hy wou hom opvreet. My oom het toe probeer ontsnap toe die hond slaap, maar die hond was te vinnig, by die begrafnis was daar net twee skoene voor in die ruiker, niks verder nie.

Ek het nie 'n hond nie, sê ek.

Ja, maar dis hoe dit werk, sê die vrou, Die goed wat ons grootmaak, wil ons opvreet. Dis ons wat vir mense geld gee dat hulle in 'n parlement kan sit, dan vergeet hulle waar hulle vandaan kom en wat hulle moet doen, hulle word mal van te veel aandag. Dis ons wat ons kinders windgat grootmaak, nou werk hulle in kantore op die vyftigste vloer en kyk op ons neer, dis ons wat tjoepstil sit in die kerk en nie terugpraat of vrae vra nie, op die ou end kniel ons voor komitees en geleerdheid en vergeet van die Here, dis ons wat sê gee vir ons groter winkels, nou bou hulle die aarde toe met monsteragtige sentrums wat jou so laat verdwaal en nietig voel, jy hou aan en aan koop, want jy wil ook belangrik wees, dis ons wat ure en ure voor die televisie sit en die berge bog insluk wat gepraat word, ons maak hulle beroemd en ryk, ons probeer soos hulle aantrek en hulle lag vir ons. Ons word bekruip deur dit wat ons grootmaak en voer.

Ek sê, Nou hoekom sing jy koor?

Niemand weet hoekom nie, sê die vrou, Maar 'n koor word uitgelos, jy verdwyn, die bose magte van die wêreld sê nooit, Ek wil die aarde regeer, kry vir my 'n koor nie, 'n speedcop sit nooit langs die pad en sê, Hier kom 'n koor, kom ons trek hulle af nie. Geen politieke party sê ooit, Hierdie verkiesing moet ons 'n koor werf nie. Die regering sê nooit, As ons klaar is met die terroriste, dan vat ons bietjie die kore vas. Dis al wat ons kan doen, jy sing tot niemand weet waar jy is nie. Ons oefen twee keer 'n week, jy's welkom. En jy kan maar kom soos wat jy aantrek, jy kry 'n toga.

Op die aarde is daar net twee soorte kore, dink ek, dié wat jy hoor in rolprente en katedrale, hemelse stemme wat vanaf 'n onsigbare galery of balkon woorde sing wat jy nooit sal verstaan nie en melodieë wat jou siel genees. Dan is daar die soort koor wat jy kan sien, hulle staan in rye op 'n verhoog of voor in die kerk en word gehipnotiseer deur 'n persoon met swaaiende arms. Hulle rol almal gelyk hulle oë en trek gelyk hulle monde, dis soos klein voëltjies wat hulle mamma sien aankom met 'n wurm of vissies in 'n bak wat sien jy't gaste.

Op hoërskool was ek in 'n koor, vir 'n persoon wat so pas puberteit voltooi het en meer hormone as spoeg in sy keel het, is daar geen groter hel as om vir ure warm vasgedruk te staan tussen mede-tydbomme en te konsentreer op die woorde van 'O Boereplaas' terwyl jy 'n medelid wil gryp en die saal se vloer uit sy fondamente losploeg nie. Ná 'n uitvoering moes ons huis toe ry in 'n bus wat ons testosteroon laat rondskud het tot daar stoom by ons moue uitkom. Ek het altyd langs Wilkie Burger met die fietsry-bene gesit en probeer om 'n grappie te maak, terwyl ek aanskou hoe hy vir Joy Meyer kyk soos 'n minderbevoorregte kyk vir 'n éclair in 'n bakkery-venster. En Sondae moes ek in die kerk sit en kyk hoe die dorp se eensames met stemme uit die hel nog 'n bekende en geliefde lied met oorgawe vermoor. Daai tyd het almal nog hoed gedra en iemand wat sing met 'n hoed op lyk altyd vir my soos wanneer jy 'n stolslaai probeer omkeer uit 'n bak wat nie gespuit is nie. En alhoewel ek honderd persent verstaan dat 'n koor veiligheid bied en uitgelos word, kom ek ook nie weer naby een nie.

Dis twintig jaar later en ek kry meer pos as ooit, daar is meer bog op televisie as ooit en ek word bekruip, daagliks, en ek het geen idee wat om daaraan te doen nie, maar ek het nou amper genoeg gehad.

(uit die *Cathedral*-verhoogproduksie, 2010)

Kol

Ek was een van die eerste studente wat studeer het aan die nuwe Konservatorium vir Musiek in Stellenbosch. Dit was 'n vreeslike moderne gebou met die nuutste tegnologie en fasiliteite. Elke vak waaraan jy kon dink is hier aangebied. Ná 'n jaar of twee besef die owerhede dat die musiekstudente nooit die gebou verlaat of aan enige kampusaktiwiteite deelneem nie. Bevrees dat ons die lewe wanaangepas sou betree, dwing hulle ons toe om 'n ekstra akademiese vak by ons kursus te voeg, dié vak moet in 'n ander gebou aangebied word. Sommige studente neem Duits, ander Frans of Italiaans en 'n paar neem Wiskunde.

Net so min bekoring soos wat die skoolgronde vir my as kind ingehou het, so min vreugde put ek uit 'n kampus. Ek gaan staan toe by die Konservatorium se voordeur en sien die naaste gebou is 'n vierkantige wit affère aan die oorkant van die straat. Doodmoeg na 61 treë staan ek by die naaste deur en keer die eerste student voor wat verbykom.

Watse vak doen hulle hierbinne? vra ek.

Kunsgeskiedenis, sê die student.

Kunsgeskiedenis is toe my nuwe vak. Elke Dinsdag om twee stap ek 61 treë en kom deurnat by die vierkantige plek aan. Ons dosent is Mevrou Winter. 'n Persoon kan net een van twee name hê, die regte of die verkeerde. Hare was die regte.

Mevrou Winter was dekades voor Botox al beroof van 'n gesigs-uitdrukking. Net haar onderlip kon beweeg. Met dié lip het sy tagtig minute aaneen geprewel oor die Renaissance, pigmente, eiergeel, kwashale, marmer, die mag van die Pous en die plafon van die Basilika. Mevrou Winter het gelyk of 'n kind haar geteken het. Regaf hare, geen grimering, geen buuste, geen heupe, geen boude, geen enkels. Sy was reguit en regaf van bo tot onder, geklee in 'n lang regaf trui en 'n lang regaf romp met twee verbleikte sandale. Sy't gelyk soos een wat jare by 'n sekte was.

Naby my het 'n meisie met swart lippe, duisend haakspelde en 'n neusring gesit. Sy het eers langs my, toe voor my, toe langs my, toe agter my gesit. Stadig het sy om my beweeg soos 'n pikswart planeetjie om die son. Haar kop was halfpad geskeer en haar klere was van pikswart rubber en plastiek. Haar naam was Oena en sy het gelewe van popcorn en melk wat sy swart gemaak het met ink.

Teen die tweede kwartaal was sy en haar wentelbaan al drie keer om my. Eendag tik sy my op die skouer.

Ek lees auras, sê sy.

Ek weet glad nie waarvan sy praat nie.

Ek het nie baie tyd vir lees nie, sê ek.

Jou aura het strepe, sê sy. Pienk en pers. Jy's in en out of touch met jouself. Ek wil dit probeer afneem.

Ek was in my jongdae baie naïef, ek het nege uur per dag klavier geoefen en skelm geëet, ek het niks geweet van die wêreld nie. Maar twee aande later sluip ek bewend op teen die donker trap van die Kunsfakulteit sodat 'n swart planeet met haakspelde my strepiesaura kan afneem. Ek stoot die ateljee se deur oop. Oena is besig met haar kamera. Sy is geklee in 'n swart leunstoel met 'n dolk in. Sy kyk op en snak na haar asem.

Daar's 'n gat in jou maag, sê sy, 'n Swart gat. Die pyn loop in en die pyn loop uit.

Ek sê, Waar's my aura?

Ingesluk, sê Oena. Ek kyk af.

Hier's nie 'n gat nie, sê ek.

Die pyn loop in, die pyn loop uit, sê sy.

Ek sê, Voel jy sleg? Hoe diep sit daai dolk? Moet ek saam met jou dokter toe loop?

Ek en Oena loop kampusdokter toe.

Dis pikswart, sê sy.

Ek sê, Dis halftien in die aand.

Ek los haar by die dokter en loop huis toe, leeg sonder my aura. Vir twee weke is Oena nie in die klas nie. Mevrou Winter prewel oor Impressioniste en vryheid van vorm. Eendag wag 'n student vir my by die deur. Hy's lank met eye shadow, 'n slangvelbroek en 'n frokkie wat sê, I'm a puzzle.

Oena kom eers volgende week, sê hy, Sy't 'n vlek op haar retina, dis van die chemicals of die ink in die melk, nou sien sy 'n swart kol. Sy sê hi. Wil jy 'n bietjie rondghoof?

Ek was in my derde jaar nog steeds 'n maagd en was so lus vir rondghoof ek kon 'n kar se agterwiel afeet, maar ek was nie gereed vir 'n puzzle nie.

Ek gaan nou oefen, sê ek, Sê groete vir Oena.

Die volgende week is Oena terug. Sy lyk soos altyd, maar sy praat nie. Mevrou Winter gee klas oor inmenging in die kunste. Sy wys skyfies van sondebokke. Napoleon verskyn op die skerm.

In 1810 . . . , sê Mevrou Winter.

Hy kon nie help nie, sê Oena, Hy't net een oog, die ander een is 'n swart gat. Hy kon nie ver sien nie.

Stalin verskyn op die skerm.

In 1929 . . . , sê Mevrou Winter.

Sy bors is pikswart, sê Oena, Hy't niks gevoel nie, daar was nie 'n hart nie. Dis nie sy skuld nie.

Hitler verskyn op die skerm.

In 1935 . . . , sê Mevrou Winter.

Die kop is leeg, sê Oena, Miljoene is dood oor 'n swart gat.

Mevrou Winter sit die lig aan en staan ongemaklik rond. Oena tik my op die skouer.

Kyk daar, sê sy, Net links van haar, dis pikswart. Daar's niks langs haar nie. Meneer Winter is missing of useless. Dis nie haar skuld nie. Dis hoekom sy so regaf is. Die liefde is weg.

Ek het dit eers jare later besef toe ek daaroor terugdink, ek het die volgende dag begin om swart te dra. Nie om anders te wees nie, maar uit respek vir Oena se swart kol. En om 'n klein bietjie te rou. Oor alles wat missing is. Een se oog, een se hart, een se brein, een se been. En dan moet hulle regeer of leiding gee of 'n opinie hê.

Die swart help ook natuurlik om die kol op my maag weg te steek. Nie dat ek skaam is nie, dis nie my skuld nie, ek is net moeg vir die gestaar. Eendag sal dit anders wees. Ek wag net dat my aura terugkom.

(uit die *Songs for August*-verhoogproduksie, 2010)

Plonks!

Ek woon aan die einde van 'n doodloopstraat met vreeslik baie bome. Langs my woon 'n ontsettende common egpaar heeltemal gratis in 'n huis van iemand wat tydelik oorsee is. Hulle maak heeltyd of hulle self die huis gekoop het en is dus snobisties in bekostigbare klere. Die omgewing is egter asemrowend mooi, want van die inwoners het hulle veiligheidsmure nie teen die straat gebou nie, maar dieper in die eiendomme. Dus is daar baie grasperke, plante en fonteine wat besoekers of verdwaaldes laat dink dis 'n park. Kort-kort parkeer iemand en begin met parkaktiwiteite, dan moet ons oor ons interkomme skree dis nie openbare eiendom nie.

'n Mens kan altyd sien watter tipe persoon besoek jou privaat gras aan die manier waarop daar parkeer word. Alle vorme van vervoer is beskrywend van die persoon wat dit uitvoer of besit, soos byvoorbeeld die keuse van voertuig, die prysklas, die kleur, ensovoorts. Maar niks vertel jou meer as iemand se skoene of manier van parkeer nie. Vir elkeen van hierdie parkeertegnieke is daar ook 'n term, die meeste begin met 'n p.

Een van hierdie terme is plonks. Plonks word gebruik wanneer 'n voertuig so geparkeer is dat dit lyk of dit van bo af gekom het en nie met die pad nie. Plonks kan ook gebruik word in ander onverwagse of ongehoorde situasies. Gister in die restaurant het hulle plonks! my handsak gesteel. Nadat ek die konstabel gekomplimenteer het op sy groot blou lig, het hy my plonks! probeer soen.

So kyk ek eendag by my kantoorvenster uit en sien hoe 'n baie ou motortjie plonks! voor my huis stilhou. Die motortjie is nie aan een of ander kant van die pad nie, hy staan skuins in die middel. Vir lank gebeur daar niks. Uiteindelik gaan die een deur oop en 'n baie ou vroutjie klim uit. Sy's ongelooflik oud, sy's so oud soos in 'n rolprent. Sy't opstaan-skouertjies en dit lyk of haar lyf begin afsak het tussen haar arms en bene, soos 'n hysbak in 'n verlate gebou. Toe gaan die ander deur oop en 'n man klim uit. Hy's nog ouer, hy lyk soos 'n sirkusgordyn, jy moet hom eers optrek voor iets gebeur.

Dis eers toe die twee by die kattebak uitkom, dat ek sien albei is kaalvoet en het kortbroeke aan. 'n Mens weet onmiddellik wanneer daar moeilikheid op pad is, maar toe die handdoeke en die sonbrandolie verskyn, weet ek ek sal by my hek moet uitgaan. Teen die tyd dat ek buite kom, lê albei handdoeke langs my tuinpaadjie en die ongelooflike ou vrou is besig met haar boonste knoop.

Ek sê, Verskoon my.

Verkoop jy koeldrank? sê sy, En waar's die toilets?

Ek sê, Mevrou, wat gaan julle nou doen?

Ons is in die natuur, sê sy, En die natuur is in ons.

Ek sê, Julle's in my tuin en julle kar is in die middel van die pad.

Sy sê, Hy weet mos nie waar's middel en waar's die res nie, sy oë is mos toe. Hulle hele familie was so met die los vel.

Ek sê, Is julle akteurs? Het iemand julle gestuur?

Die ou man hou sy vuiste teen sy bors en begin wieg.

Jy ontstel hom, sê die ou vrou, Pappa, trek af jou broek, dit laat jou altyd beter voel.

Ek sê, Mevrou, is julle gedrink?

Ons is nudiste, sê sy, Ons lewe lank al. Ons kan nie anders nie. Maar vandat ons in die aftreeoord is, is dit baie moeilik. Gister wou die matrone nie hê ek moet sonder 'n bloes in die eetkamer kom nie. Dit ontstel hom so. Nou moet ons ry en plekkies kom soek. As ons nie son kry nie, gaan ons dood.

Ek sê, Dame, pietersielie gaan dood sonder son. En as hy sy broek aftrek, vrek elke ander plant in hierdie straat.

Dis hoe ek hom leer ken het, sê sy, Sonder 'n broek.

Ek sê, Dame dis hoe ek ook maar vriende maak, maar elke ding het sy plek.

Ons was vyf jaar oud, sê sy, Langs mekaar gewoon. Ons families was so arm soos woenstynsand. Daar was net suurstof en kar-olie op ons werf. Daar was nie klere nie, ons was kaalgat. Ek het vir hom gekyk deur die draad en gedink, vir jou het ek lief. Eers hier teen twaalf, toe raak hy nou rêrig talentvol, toe sê sy pa hy moet nou broek aantrek. En net toe begin ek ook nou, soos hulle sê, rigting kry en toe's ek ook onder lap. Maar ons was nooit gelukkig so nie, ons het smiddae gaan wegkruip by die kleigat dan trek ons ons broeke af dat ons weer kan vriende wees met die wêreld. En toe ons nou klaar gegroei het tot waar ons moet wees, toe trek ons weer eendag ons broeke af en toe's ons ook sommer vriende. En later toe koop hy vir my 'n ring en hier's ons nou. Nou as jy nie koeldrank het nie, wat verkoop jy dan?

Ek sê, Dame . . .

Maar net toe hou die ongelooflike ou man op wieg en maak sy broek los.

Ek sê, Meneer, dis min dat ek dit sê, maar jy kan nie nou uittrek nie.

Hy moet! skree die vrou, Sy senuwees is op! Dis al wat help, ons lewe lank, as dinge moeilik raak, by die werk, by die sport, in die winkels, in die verkeer, tussen 'n klomp vreemdes, as jy so benoud raak, of eensaam, trek net af jou broek, jy moet dit sê vir die mense, dit werk altyd.

En dis toe dat ek sien die simpel bure se tuinhek staan oop.

Ek sê, Meneer en Mevrou, hier is wel 'n parkie, dis net hier langsaan. Stap net in by daai hekkie, almal is welkom en hulle verkoop koeldrank. Los sommer julle klere hier.

En so trek hulle alles uit en loop hand aan hand af met die pad en in by die hekkie. Die oudste twee mense wat ek nog ooit gesien het, ouer as alles wat ek ken. En dís toe ek besef, maar dis Adam en Eva, ons almal se ma en pa.

Tien minute later kon ek hoor hoe die buurvrou plonks! begin gil in haar tuin. Maar Adam en sy vrou hoor niks, hulle lê met toe oë in die son, hulle is terug by die natuur, hulle het niks en hulle voel niks van die ongelooflike las wat hulle miljoene kinders dag na dag moet saamsleep nie.

(uit die *Cathedral*-verhoogproduksie, 2010)

Daar is 'n verskynsel in ons familie waaroor niemand rêrig praat
nie en teen die tyd dat jy oud genoeg is om dit agter te kom, is
dit al te laat. Party families hou nie van sport nie, ander hou nie
van groente nie, ons hou niks van gewone sinne nie. Ons voel ons
moet dit interessant of opwindend maak. Ander mense noem dit
oordryf of bylas, ons noem dit niks, dis hoe ons praat.

As 'n kraan drup, sal ons iemand bel en sê, As jy nooit weer van
my hoor nie, is dit oor ek en my meubels in die pad af dryf, hier
is geen diens in hierdie land nie, my vloere lig al op van die vog.

As die oondliggie nie werk nie, sal ons iemand bel en sê, Ek weet
nie hoeveel miljoene hierdie kombuis my nog gaan kos nie, dit
kry net nooit einde nie. Daai persoon bel dan die volgende een en
vertel hoe jy vir die honderdste keer jou kombuis oordoen, waar
kom al die geld vandaan? Daai een bel die volgende een en vertel
dat jy 'n hele kombuis oorsee laat bou het, dit word nou stuk vir
stuk ingevlieg. Uiteindelik kry jy 'n brief van 'n niggie wat sê sy
hoor jou kombuis het afgebrand en jy gaan nou in Italië woon.

Dis nie dat ons wil jok nie, ons glo net jy moet altyd iets hê om te
vertel. As iemand vra hoe dit gaan, sê jy nooit, Goed dankie, nie.
Jy sê daar's 'n pyn in jou skouer en snags skiet dit af tot in jou knie
en daar is nie 'n dokter wat kan uitvind wat is fout nie en jy hoop
net nie die familie hoor hiervan nie, hulle het al genoeg span-
ning. As jy TV kyk en die foon lui, dan gryp jy die gehoorstuk
en hyg jy's jammer jy's so uitasem, maar jy het net twee hande en
jy't 24 uur laas geslaap, hoekom kom alles altyd af op dieselfde
mens?

As jy in geselskap te min aandag kry, gryp jy onmiddellik jou bors of jou sy en vou dubbeld en skree, Wat sit hier, my nier of my limf? As iemand presteer, moet jy dit onmiddellik oortref. As jou swaer bevorder is, sê jy dadelik, My bure se oudste seun het vier helikopters, hy kan twee gelyk vlieg. As die bure se seun bevorder is, sê jy dadelik, My swaer eet mos saam met die ministers, jy sal nie glo wat is aan die gang nie.

Die jaarlikse familiesaamtrek is die ergste. Dan moet elke stukkie bylas of aanlas in die vlees bewys word. Elkeen se ellende en voorspoed moet groter wees as die ander s'n. Knieë word verbind, enkels word toegedraai, pleisters word geplak. Maak nie saak by wie se huis word daar gekuier en hoe lank vooraf het hulle begin kook nie, bakke kos word aangery, slaaie en poedings wat skree, Myne is beter as joune.

Ons familie kuier elke jaar op die 1ste Januarie. Kersfees en Oujaar het heeltemal te veel drama, Nuwejaar is almal moeg genoeg vir redelike vrede.

Ek het net vir die eerste keer my eie blyplek aangeskaf en het net begin met my grootmenslewe, toe my ma bel en sê ons kuier op 1 Januarie by Tannie Henna.

Ek sê, Ma, ek is nie lus nie.

Niemand is lus nie, sê my ma, Maar dis wat ons doen.

Ek sal nooit kan verklaar hoe die volgende sin in my kop gevorm het nie, maar ek sê toe, Dan moet almal maar hiernatoe kom.

Jy't dan nie eens meubels nie, sê my ma.

Ek sê, Ma, ek verdien mos geld, ek decorate van die oggend tot die aand, hulle sal nie weet wat hulle tref nie.

Nou maar goed, sê my ma, Sorg net dat daar genoeg sitplek is. Tannie Hester se voet het al so geswel, hy moet sy eie stoel hê.

Ek sê, En sê net hulle hoef nie daai bakke kos te bring nie, ek reël 'n caterer.

Ek sit die foon neer sonder die vaagste idee hoe ek enigiets gaan regkry, ek is bankrot van intrek, maar ek sal hulle 'n ding wys. Ek decorate deur Oujaarsnag. Teen die oggend van 1 Januarie bevat my blyplek 1 bed, 5 stoele, 6 bosse spierwit blomme, 100 spierwit kerse, R14,65 en 3 uie. Daar's geen caterer nie, maar ek ontspan, ek weet mos, al sê jy ook wat, almal daag altyd op met vragte kos.

Oom Sam en Tannie Heikie daag eerste op. Hulle is die dikste in die familie en sit al vyf stoele vol.

O, dis mooi, sê Tannie Heikie, So oop en skoon, ek is maar bly ons het nie kos of iets gebring nie, dit sou nie hier inpas nie.

My keel trek toe. Tannie Hester en haar man is volgende. Haar voet kom net-net deur die voordeur.

Hy swel nou so, sê sy, Ons kon nie nog kos ook in die kar kry nie, ek sien Heikie sit jou plekkie klaar vol, Middag Heikie, Middag Sam, sit my sommer in die gang, het jy 'n tafeltjie vir my voet?

Uiteindelik is almal daar. My ma fluister in my oor.

Jy kan maar dat hulle eetgoedjies uitbring, sê sy, Party moes ver ry.

Ek sê, Ma, niemand het iets gebring nie!

Jy't dan gesê ons moenie, sê my ma.

Ek sê, Ma, hier's niks om te eet nie.

My ma lag. Jy sal nog 'n grappie maak op jou eie begrafnis! sê sy, Bring nou die goedjies.

Ek besef dis nou of nooit. Ek gaan staan langs Tannie Hester se voet.

Ek sê, Ek is baie bly dat julle gekom het. Maar hier's niks kos nie. Ek het net R14.

Dis tjoepstil. Almal staan verstom. Na 'n volle minuut maak Tannie Heikie haar keel skoon.

Die rede hoekom ek en Sam so dik is, is omdat daar altyd Romany Creams in die kar is, sê sy, In die cubbyhole en onder die seat. Hy kan dit gou gaan haal.

Tannie Hester stamp aan my. Maak los my verbande, sê sy, My voet makeer niks.

Almal snak na hulle asems. Ek maak die verbande los. Teen haar enkel sit twee bottels brandewyn.

Ek drink al vir jare, sê sy, Maar nou kan julle ook.

En so ontdek my familie hulle gunstelinggereg. Dit word so be-dien: brandewyn word in klein glasies geskink. Romany Creams word gestapel op 'n silwer skinkbord of baie mooi bord. Die

Romany Cream word dan in die brandewyn gedoop en geëet. Dis onbeskryflik lekker. En grand. Ons doen dit tot vandag toe, so ook my vriende en hulle vriende, dit bly ons grootste fees. En so by die derde koekie, dan hoor jy, almal praat nou die waarheid. Niks word bygelas nie.

(uit die *Knowing Your Microwave and Other Magical Moments*-verhoog-produksie, 2010)

Geen skottelgoed

Die val van die beskawing het begin in 1904 toe die eerste papier-bord gemaak is. Net daarna, in 1908, het die eerste papierkoppie verskyn en het ons verder in barbarisme verval. In 1931 het die eerste papierhanddoek verskyn, hierna was die skade aan die mensdom en die natuur ongekend. 'n Paar jaar later is Tannie Mol gebore en daarna was die agteruitgang onkeerbaar.

Tannie Mol was een van my ma se beste vriendinne. Sy en haar man het op die rand van die dorp gewoon op 'n erf met klipharde grond. Elke keer as dit reën het dit gelyk soos 'n dam met duisende goed wat daarop ronddryf. Tannie Mol was mal oor hoenders maar kon net diere aanhou wat kon swem, die water wou glad nie by die grond in nie. My ma het gesê dis van heeldag vee, haar huishulp het niks anders om te doen nie.

Niemand was seker of Tannie Mol die mees praktiese of die luiste vrou op aarde was nie. Haar ongelooflike lelike huis was altyd baie netjies, maar iets was fout. Selfs as 'n baie jong kind het ek die kriewels gekry as ons moes gaan kuier. Amper alles in dié huis was tydelik. Plastiektafeldoeke, papierservette, velle koerant op die rakke, velle koerant in die laaie, plastiek oor die meubels, papierdoilies oor die leunings, karton oor die gangmat. Tannie Mol wou niks was nie, as jy 'n ding nie kon weggooi nie, kon jy hom afvee.

Tannie Mol en haar man het 'n seun gehad wat niemand ooit gesien het nie. Hy was al uit die skool en het blykbaar by sy pa gewerk, maar hy was net nêrens.

Hy kwyl seker, het my pa gesê, Dis hoekom sy net papier aanhou.

Hulle was nog net goed vir ons, het my ma gesê.

Ek weet, het my pa gesê, Maar as hulle eendag 'n papierkar koop, ry jy saam, nie ek nie.

Ons word gereeld genooi vir ete. Almal sit aan tafel, maar ons eet op die skoot, anders word die tafel vuil. Die papierborde is sopnat, Tannie Mol kook net slap kos. Kort-kort vou 'n bord dubbeld en glip tussen iemand se bene deur. My pa het rugpyn van spanning en my ma se bene is pienk van die beet. Maar op 'n klein dorpie moet jy klou aan die paar vriendskappe wat jy het en so verdra en verduur jy maar ander se rituele.

Uiteindelik is ek agtien en gereed om te vlug, dis nog net een eksamen. Maar vryheid kom teen 'n prys en so kondig my ma aan ons is genooi na Tannie Mol se verjaarsdag.

Ek gaan met 'n reënjas, sê my pa, Dat daai bord net op my skoot bly.

Die Saterdagmiddag sit almal in 'n kring. Dis Tannie Mol op haar deftigste, die papierservette is pienk en in die wasbak is 'n bos angeliere. Niemand praat nie, ons knyp en skep en slurp tot almal gedaan is. Tannie Mol staan op en skep trifle in klein foamalitebakkies. Sy bedien dit met die klein plastiekleepeltjies wat hulle by die skou uitgedeel het. Ek kan sien my pa is op sy laaste.

Ek gaan 'n bietjie buite stap, sê ek en ontsnap deur die sifdeur.

Aan die anderkant van die klipharde werf is 'n stuk veld met baie bome. Ek drentel tussen die bome deur en gaan sit op 'n klip. Behalwe vir 'n gesin duiwe is dit tjoepstil. Toe kraak 'n tak en 'n jong man verskyn tussen die bome. Hy het lang blonde hare, potblou oë en vierkantige wangbene. Hy is geklee in 'n geskeurde denim, op sy skouer sit 'n skoenlapper en in sy hand is 'n mes. Ek snak na my asem.

Hi, sê hy.

Ek sê, Is jy gevaarlik? Gaan jy my gryp en vieslike goeters doen?

Hoekom? sê hy.

Ek sê, Wat anders doen mens in 'n bos?

Jy kyk om jou rond, sê hy, Na hoe mooi alles is en hoe dit met tyd al hoe mooier word.

Ja dis baie mooi, sê ek, Is hier nog van jou?

Dis net ek, sê die man, Ek woon hier. En daar anderkant teen die berg.

Ek kyk na die man. Ek weet as ek twee en twee bymekaarsit kry ek selde vier, maar ek maak my som en iewers lui 'n klokkie.

Ek sê, Is jy Tannie Mol se seun?

Ja, sê hy.

Ek sê, Hoekom woon jy hier?

Ek wou tussen mooi goed wees, sê hy, Daai huis sal my doodmaak.

Ek sê, Is sy nie kwaad nie?

Sy's al kwaad van my geboorte af, sê hy, Daai tyd was daar nog nie weggooidoeke nie.

Hoekom wil sy alles weggooi, vra ek?

Dis hoe sy is, sê hy, Sulke mense kan nie help nie. Hulle soek die kortpad, dis al wat hulle verstaan, hulle weet nie dat daar iets soos moeite is en dat dit 'n doel het nie. Kortpadmense sal alle skoonheid of vreugde of smake prysgee, solank daar net nie skottelgoed of wasgoed is nie. Uiteindelik is daar geen lewe nie, net beweging. Ek moes wegkom.

Maar hoekom hiernatoe? vra ek.

Hier kan jy sien hoe alles inmekaarpas, sê hy, Hoeveel tyd dit vat vir 'n blom om oop te gaan, hoe hard werk die kleinste diertjie om aan die lewe te bly. Niks is nagemaak of word weggegooi nie.

Ek sê, Nou weet jou Ma-hulle jy's hier?

Hulle sien my net op Kersdag, sê hy, Dis die enigste dag wat sy die glasborde uithaal en lapservette dek. Dan gaan eet ek saam.

Sjoe, sê ek, Jy's baie slim.

Net toe het my ma-hulle begin roep op die werf. Ek het hom nooit weer gesien nie. Maar ek het daai dag 'n groot les geleer, dat dit feitlik onmoontlik is om iemand te verander, dat mense hulle kind sal verloor eerder as moeite doen. En dis die waarheid, 'n jaar later, toe ek met vakansie kom kuier, het Tannie Mol en haar man my ma een middag kom oplaai met 'n papierkar. Drie ure later het my ma met die straat af gekom, doodmoeg en swart in die gesig.

Die kar het aan die brand geslaan, het sy gesê, Ons het net op die werf aangekom. Dit was van die oom se sigaret, die asbak was ook van papier. Ek wou nog die agterdeur oopskeur, maar toe kom daar 'n blonde man wat die hele spul blus. Ek weet nie of dit van skok was nie, maar Tannie Mol het sommer glaskoppies uitgehaal vir tee. Toe moes ek bly om haar te help met die skottelgoed. Ek kon sien dit was vir haar te veel.

(uit die *Knowing Your Microwave and Other Magical Moments*-verhoog-produksie, 2010)

Ek het 'n vriend wat glad nie lelike musiek kan hoor nie. Die eerste twee note van 'n lelike liedjie is skaars gespeel, dan is hy stokdoof met 'n vreeslike drukking op sy oor. Wie ook al die naaste aan die radio is, soek dadelik 'n ander stasie totdat hy weer iets kan hoor.

Ekself kon nog nooit aan iets raak wat van die regering afkomstig is nie. Dit het begin met die weermag se oproepinstruksies. Deesdae beland belastingkoeverte, omsendbriewe, aanmanings en identiteitsdokumente onmiddellik op die vloer, ek kan dit nie vashou nie. Wanneer ek 'n nuwe paspoort moet gaan haal, huur ek 'n hondjie wat spesiaal opgelei is om dit te gryp. Daar is nog net een so 'n hondjie in die land, jy kan hom bespreek by paspoort-hondjie.com.

Net so kon my ouma glad nie sport raaksien nie. Enige sport-aktiwiteit is by haar verby in 'n waas en 'n wolk. In ons hele familie was daar net twee mense wat sport beoefen het. Een was my nefie, 'n etter van 'n kind wat mal was oor 'n bal. Ek kan glad nie sy naam onthou nie. Party Saterdae moes ons gaan kyk hoe speel hy en ander etters met 'n bal op die gras naby die skool. 'n Man met wolletjiesbene het 'n fluitjie geblaas en dan het hulle heen en weer gehardloop. My ouma kon niks sien nie.

Waar's hulle nou? Wat gaan aan? Wat sien ek? Waar's almal? Wie's nou weg? Wat gebeur? So't sy gepraat dwarsdeur die wedstryd.

Sodra die eindfluitjie geblaas het, het al die etters bruin van die modder van die gras af gestap. Ouma het hulle verdwaas aangekyk. Dan het sy haar kop geskud en gesê, Ek dink ons braai vanaand 'n vleisie.

Die ander aktiewe persoon was my niggie, Magda-Magda. Sy was vernoem na haar ma en haar ander ouma. Maar omdat hulle mekaar nie kon verdra nie, wou elkeen sy eie Magda hê. Magda-Magda het resies gehardloop soos 'n honger jakkals. Niemand kon by haar verby nie. Baie Saterdae moes ons gaan kyk.

Gaan Ouma saam atletiek toe? het ons gevra.

Wat is dit? het Ouma gesê.

Dis wanneer Magda-Magda hardloop, het ons gesê, Ons sit op die pawiljoen en eet vetkoek.

Ek is mal oor vetkoek, het Ouma gesê, Bring my handsak.

Ons sit almal op die pawiljoen, elkeen met 'n vetkoek vol mince.

Magda-Magda staan saam met die ander meisies by die weg-springplek.

Hoekom het sy 'n frokkie aan? sê Ouma, Vat vir haar 'n trui, die plek is vol seuns.

'n Man met 'n doktersjas lig sy geweer en skiet 'n skoot. Die meisies spring weg.

Waar's hulle nou? sê Ouma, Wat gaan aan? Wat sien ek? Waar's almal? Wie's nou weg? Wat gebeur?

Magda-Magda hardloop eerste oor die wenstreep.

Daar anderkant is sy, sê ons.

Hoe kom sy daar? sê Ouma, Hoekom sweet sy so? Is dit oor die seuns?

Maar ten spyte van die feit dat my Ouma nie sport kon sien nie, was sy die dierbaarheid self en het gehelp net waar sy kon. So stap sy eendag deur die supermark op soek na vleis vir die naweek. Voor die vrieskas staan 'n vrou gebukkend. Ouma gaan staan langs haar en begin soek na die grootste hoender. Meteens draai die vrou haar kop en kyk na my ouma.

Wie is jy? vra sy, Wat gaan aan? Waar is ek? Wat is jou naam? Wat soek jy?

Ek soek 'n hoender, sê Ouma, Raak jou rug nie seer nie?

Ek kan nie op nie, sê die vrou.

My ouma kyk toe af en sien die vrou se hand is vasgevries aan 'n groot boud. Sy is potblou tot by haar elmboog. Ouma begin gil.

Bring 'n ketel! skree sy, Die vrou sit vas!

Uiteindelik daag daar warm water op en so ontvries my ouma die boud en die vrou.

Die vrou se naam was Moira. Sy het gelei aan narkolepsie. Narko-lepsie is 'n skaars siekte en beteken 'n persoon kan enige oomblik aan die slaap raak. Dis nie haar skuld nie en wanneer sy wakker word kan sy vir 'n paar minute glad nie onthou wie of waar sy is nie. Binne 'n week is Moira my ouma se beste vriendin. Ouma is in haar element. Elke dag kook sy kos vir Moira en haar familie.

Jy kan mos nie die vrou uitlos nie, sê Ouma, Wat gebeur as sy voor die stoof aan die slaap raak? Die stomme siel kan nie eens haar troudag onthou nie. Sy't by die troumars aan die slaap geraak en toe sy bykom, is die koek al gesny. Sy't geslaap dwarsdeur haar eerste kind se geboorte en glo tot vandag toe die meisietjie is aangeneem.

Teen die einde van daai jaar is Moira en haar familie elke keer by as ons 'n groot ete het. Ons kinders gril so vir die vrou dat ons niks eet nie, ons sit net en kyk of sy gaan slaap of nie.

Oujaarsaand is almal bymekaar. Ouma is in die kombuis besig om die kos klaar te maak, Moira sit by die tafel. Sy slaap vas met 'n klein aartappeltjie in haar mond. Sy lyk soos 'n pop met 'n prop. Die res van ons is in die sitkamer. Ons speel Watter Fliek. Iemand moet 'n kostuum aantrek of snaaks loop, dan raai die res uit watter fliek dit kom.

Toe stap 'n man by die voordeur in met 'n geweer in sy hand.

John Wayne! skree my pa.

Dis nie 'n fliek nie, sê my ma.

Bly stil of ek skiet, sê die man, Gee my julle horlosies.

Almal begin gil.

Die man haal 'n tou uit sy sak en probeer my ma aan my pa vasbind. Ons gil nog harder. Die etterneef hardloop al die meubels om en Magda-Magda skree so hard dat sy begin piepie. In die kombuis staan Ouma met 'n groot pot. Al wat sy hoor is sport. Blind storm sy die sitkamer binne.

Waar's hulle nou? skree sy, Wat gaan aan? Wat sien ek? Waar's almal? Wie's nou weg? Wat gebeur?

Toe verskyn Moira agter haar en spoeg haar prop uit.

Wie is jy? skree sy, Wat gaan aan? Waar is ek? Wat is jou naam? Wat soek jy?

Die rower laat val sy geweer en hardloop by die voordeur uit.

Twaalfuur die nag lui al die kerkklokke en iemand skiet 'n klapper. Ons sit bewend van skok om die tafel. Ouma en Moira sit elkeen met 'n glas soetwyn, hulle weet van niks.

Cheers! sê Ouma.

Tien jaar later is Moira oorlede, Ouma is 'n jaar later weg. Hulle rus in vrede. Tot op die laaste oomblik het hulle niks geweet van misdaad, etterkinders of bietjies-bietjies piepie nie.

En tot vandag toe, as ek snags wakker lê oor al die swaarkry, die toestand van die wêreld, die politiek in die land of die geluide in die nag, dan wonder ek of dit die moeite werd is om heeltyd so hard te probeer, om te koes vir die gevare en die aarde te probeer regruk. Dalk is die lewe net te kort, dalk moet ons maar party-keer net 'n bietjie slaap, miskyk, uitlos, geniet wat ons kan en sê, Cheers!

(uit die *Songs for August*-verhoogproduksie, 2010)

Kabelkar

Ek kan onthou Mevrou Esbach het eendag vir my ma gesê 'n mens moet vir jou kinders name uit die natuur gee, dit gee hulle selfvertroue en maak hulle sterk. En dit was waar, haar dogter, Vallei, en haar seun, Afgrond, het altyd op die skoolgrond vertel hoe mal hulle was oor die kabelkar op Tafelberg en hoe hulle familie gereeld daar gaan piekniek hou het.

Ek was ook eenkeer met die kabelkar teen die berg op en moes vir jare daarna terapie ontvang sodat ek net weer kon slaap. My sielkundige het alles probeer, ek moes visualiseer ek is 'n wolkie, later was ek 'n posduif en eenkeer 'n ballon, maar my vrees vir hoogtes wou nooit weggaan nie.

Baie jare later vlieg ek Kaap toe om Kersfees saam met my familie deur te bring. Bewerig ná die vlug staan ek op die lughawe en wag vir my tas. Bokant die vervoerband is 'n baie groot foto van 'n groen vallei. Ek onthou skielik weer die Esbach-familie en besluit dis tyd om my vrese te oorwin.

Die middag voor Kersfees lieg ek vir almal en sê ek gaan gou geskenkpapier koop. Ek ry dwarsdeur Kaapstad, op teen die berg, parkeer langs 'n bus en gaan soek na die kaartjieskantoor. Ses mense staan in 'n ry. Heel voor staan twee vrouens met gekreukelde kortbroeke, spierwit bene, opvoustoele en sandale wat jy net sal sien op mense wat hou van stap. Agter hulle staan twee jong mans uit die Ooste en heel agter 'n vroutjie wat so oud is dat jy alreeds 'n helder lig om haar kan sien. Aan haar arm hang 'n maer mannetjie. Ek vermoed hy's reeds dood.

Die man agter die glas is diep in gesprek met die spierwit vrouens.

Ons stuur nie weer mense op vandag nie, sê hy, Die laaste groep kom nou af.

Dis nie wat die bord sê nie, sê die twee vrouens.

Ons het probleme met die krag, sê die man, Ons wil nie kanse vat nie.

Ons wil op! skree die twee vrouens.

Die man loer na die res van ons.

We are closed, sê hy.

Wong-wong, sê die twee outjies uit die Ooste en maak karate-bewegings.

Ag nee, sê die ou vroutjie, My kêrel sien al vir maande uit!

Dis 'n teken, sê ek vir myself, Ek moet padgee.

Roep die bestuurder! skree die twee wit vrouens.

Die ou vroutjie draai om.

Is dit nie romanties nie, sê sy, Al die drama!

Ek wys na die maer mannetjie.

Is dit nie te veel vir hom nie? vra ek.

Hy slaap deur enigiets, sê sy, Hy word net wakker vir kos en pret.

Die man verskyn agter die glas.

Julle kan opgaan, sê hy, You go up. Maar julle moet 'n vrywarings-vorm teken. You sign paper.

Tien minute later staan ons sewe in die kabelkar. Ek is duiselig en my maag draai. Die kar wieg saggies heen en weer. Die twee wit vrouens haal hulle kameras uit, die twee outjies uit die Ooste eet iets wat lyk soos gaar oë en die stokou vrou skud aan die mannetjie.

Wakker word, Sweetie, sê sy.

En toe eindig die lewe soos ek dit ken en iemand druk 'n knop. Stadig gly die kabelkar uit sy huisie en bestyg die berg. Ek is on-middellik ses jaar oud en wil opgooi en flou val. Ek klou aan 'n pyp. Die wit vrouens hardloop van venster tot venster en neem foto's.

Wong-wong, sê die twee outjies uit die Ooste en kry klein kung-fu-rukkings.

Die twee oumensies het mekaar beet en wals al op een plek. Ons is twee derdes op teen die berg toe die kar loop staan. Doodstil en sonder 'n geluid, soos 'n laaste asem.

Hier hang ons, sê die twee wit vrouens, Ons is vinke.

Ek gaan sit plat op die grond. Die twee oumense dans voort en die twee outjies uit die Ooste praat baie vinnig. Wong-wong. Ek voel ek wil ook iets sê.

Dit sal seker nou aangaan, sê ek.

Die twee oumense gaan staan stil, die vrouens draai hulle koppe en die twee outjies hou op praat.

Dit moet mos aangaan, sê ek.

Hulle staar my aan.

Ek sê, Wat? Hulle weet mos ons is hier.

Niemand sê iets nie. Die kabelkar wieg liggies heen en weer. Ek is ses jaar oud.

Is julle spoke? skree ek.

Hulle staan sonder om te beweeg. Buite word dit stadig skemer en onder begin die stad se liggies aangaan. Uiteindelik is dit pik-donker. Uiteindelik weet ek die kar gaan nie weer beweeg nie. Hulle weet nie ons is hier nie. Die man agter die glas het dalk nooit bestaan nie.

Die wit vrouens beweeg eerste. Hulle gryp die opvoustoele en sit dit bo-op mekaar in die middel van die vloer. Die twee outjies uit die Ooste gryp stokkies uit hulle sakke en begin dit vryf. Toe die eerste vonke verskyn leun die ouvroutjie oor met haar sakdoek. Dit vat onmiddellik vlam. Sy gooi dit op die stoele. Dit moet baie duur of eksotiese opvoustoele wees, want dit brand dadelik soos 'n groot vuur. Maar daar is geen rook nie. Niemand se oë traan nie. Dis Oukersaand en ons sit om 'n vuur in 'n kabelkar halfpad teen Tafelberg.

Vinke, sê die vrouens.

Sweetie, sê die ouvrou.

Wong-wong, sê die outjies.

Ek weet nie wanneer of hoe ek aan die slaap geraak het nie, maar toe ek wakker word, is dit helder lig. 'n Man met 'n overall staan en kyk na my.

Merry Christmas, sê hy.

Die kabelkar is leeg, daar is geen mense en geen teken dat daar 'n vuur was nie.

Waar is die ander? vra ek.

Die man lig sy skouers. Ek staan op en klim uit. Eers wil ek gaan soek na die man agter die glas, maar ek hardloop na my kar toe. Ek is verlig, want ek lewe nog, en 'n groot vrees is van my af. Ek weet nie rêrig wat gebeur het nie, maar hoe vervelig is die lewe as jy altyd weet wat aangaan.

Dis nou 'n hele paar jaar later en nog steeds stroom derduisende mense elke jaar hierdie tyd Kaap toe. Hulle sê daar's iets wat jy op geen ander plek voel of kry nie. Baie mense het dit nog nie gehoor nie, baie mense praat nog steeds daaroor, die Oukersnag toe daar 'n lig bo die stad gehang het. Hulle sê dit was 'n warm lig, bietjie soos 'n vuur, bietjie soos 'n ster. Honderde het gestaar, vanaf balkonne, vanaf hotelkamers, vanaf straathoeke. Baie wonder tot vandag toe, baie vertel dit oor, baie hou dit vir hulleself, baie glo, baie nie.

(uit die *Knowing Your Microwave and Other Magical Moments*-verhoogproduksie, 2010)

Reg oorkant die AGS ouetehuis het Mevrou Fish en haar man gewoon in 'n vervelige huis omring deur 'n vervelige tuin. Meneer Fish was nooit iewers te sien nie. En niemand het ooit, ooit in die tuin gewerk nie, maar die gras was altyd gesny en die blombeddings was altyd netjies, almal op die dorp het gewonder hoe dit moontlik was. Die voordeur was altyd oop, dag en nag, en in die deur het Mevrou Fish gestaan, dag en nag. Sy was geklee in 'n bont japon met een lang string krale, klipharde swart hare, sigaret en 'n glas aanmaakkoeldrank.

Wanneer slaap sy? het die mense gesê, Of bad? Of maak kos? Of vee die huis? En sy groet ook nie!

Ons skoolkinders was 'n bietjie skrikkerig, maar het elke dag voor en na skool verby haar gestap en soos ons ouer word het ons haar later begin gewoond geraak.

Om ouer te word het ook sy terugslae en so storm Meneer Blignault eendag die klas binne en sê ons begin Vrydag met kadette en behoed die een wie se uniform nie reg is nie. Meneer Blignault was 'n persoonlike vriend van die duiwel en het elke dag met sy hangwange en 'n blou sweetpak opgedaag om te kyk hoeveel lewens hy kon verwoes. Elke Vrydag het hy in 'n weermagsuniform verskyn en die ouer leerlinge vir 'n uur om die skool laat marsjeer. Ek het niks hiervan verstaan nie. Hoe word 'n onderwyser een dag van die week skielik 'n sersant of 'n ding? Hoekom moet skoolkinders uniforms aantrek? En hoekom moet dit kakie wees? Ek het al baie mooi uniforms in boeke gesien, party lande dra swart, ander groen of donkerblou. Hoekom moet ons kakie dra? Wat op aarde is kakie behalwe sand, grondboontjies, kots en papiersakke?

Die eerste Vrydag daag ek op in my uniform. Om alles erger te maak het ek 'n kortbroek aan, iets wat ek selfs as baba geweier het om te dra. Ek is naar en my knieë swik onder my. Uiteindelik lui die klok en is dit tyd vir 'n uur in die hel. Ons staan in rye voor die skool. Agter my staan Bennetjie Loots. Hy was 'n baie kort kind met 'n linkeroog wat weens spanning die heeltyd bly knip het. Hy kon baie opgewonde raak en dan kon niemand hom stil kry nie. Bennetjie steek sy hand op.

Wat is dit? vra Meneer Blignault.

Hoekom het ons hierdie klere aan? vra Bennetjie.

Almal het dit aan, sê Meneer Blignault.

Hoekom? vra Bennetjie.

Sodat jy kan saamsmelt met jou agtergrond, sê Meneer Blignault.

Hoekom? vra Bennetjie.

Sodat niemand jou kan sien nie, sê Meneer Blignault.

Almal kan my sien, sê Bennetjie.

Nie wanneer jy in die bos is nie, sê Meneer Blignault.

Ons is nie nou in 'n bos nie, sê Bennetjie, Ons is nooit in 'n bos nie. En 'n bos is groen. En 'n mens kan nie in 'n bos marsjeer nie. Hoekom moet ons marsjeer? My ma sê dit wakker konfrontasie aan en 'n mens kan doodgaan van sonsteek.

Shut up! skree Meneer Blignault.

Hy is so kwaad, hy laat ons vir twee ure marsjeer. Om en om die skool. Niemand is in tyd nie. Ook nie die kind wat die bevele uitskree of die dertig idiote wat met gekneusde trompette besig is om die sin uit die lewe uit te blaas nie. Ek sweet soos 'n gewonde bok. Om en om die skool fokus ek net op Rasmus Pienaar se grootmensboude en besluit om in my volgende lewe terug te kom as badwater.

Vir maande hou die hel aan. Ek reël musieklesse, kry dokters-briewe, beseer myself, kruip weg, huil en skryf gedigte, maar as ek weer sien is ek die kleur van kots, om en om die skool. Ná 'n ewigheid kry ons die ritme en ruk ons eendag gelyk tot halt.

Bennetjie steek sy hand op.

My ma sê wat is die doel van oefen as niemand dit gaan sien nie. Sy sê ons moet deur die dorp marsjeer dat die mense kan hande klap. Sy sê hulle moet streamers gooi en vlaggies waai en dan kan ons geld kollekteer vir 'n nuwe skoolhek. Sy sê watse toekoms het 'n kind as hy sy dag moet begin met 'n skewe hek. Sy sê ons besef nie hoe vatbaar kinders is nie. Die geringste dingetjie kan 'n letsel maak. Sy sê dis hoog tyd dat iemand verantwoordelikheid vat met iets wat vrugte afwerp pleks van in die rondte bly trippel soos donkies in 'n meelfabriek.

Shut up! skree Meneer Blignault.

Maar twee maande later is die dorp in rep en roer. Ons gaan mar-sjeer, dwarsdeur die dorp. Daar is honderde mense met streamers en vlaggies. Heel voor is 'n vlot wat lyk of iemand tuin gemaak het in sy jacuzzi, dit stel ons natuurskoon en erfenis voor. Dan kom die dertig trompet-idiote en dan ons.

Vir die eerste twee straatblokke gaan alles goed. Toe draai die optog regs in die straat met die AGS kerk. Omdat dit regoor Mevrou Fish se huis is en almal altyd óf na haar staar óf vinnig verbyhardloop, het niemand nog ooit rêrig na die kerk gekyk nie. Ek lig my oë van Rasmus Pienaar af en kyk na die kerk en sien dit bestaan uit miljoene plat sierstene in die afskuwelike kleur getiteld kakie. Eers beweeg ons erfenis voor die kerk verby, toe die trompette en toe ons. En vir die eerste keer smelt ons saam met die agtergrond. Ons is weg.

Op haar stoep gooi Mevrou Fish haar glas neer. En met 'n diep stem begin sy skree.

Kom terug! skree sy, Waar is almal heen?

Sy hardloop met arms uitgestrek in ons rigting. Sy hardloop dat haar japon agterbly. Sy hardloop dat haar krale agterbly en toe haar hare.

Kom terug! skree sy.

En soos sy naderstorm, sien ons dit. Die bles kop, die stoppelbaard, die harige hande. Mevrou Fish is Meneer Fish.

Vinniger! skree Meneer Blignault.

Ons marsjeer verby die kerk.

Daar is julle, sê Meneer en Mevrou Fish.

Vinniger! skree Meneer Blignault.

Drie blokke verder eindig die parade. Net my ma en Bennetjie se ma klap hande. 'n Paar waai verlep hulle vlaggies en die res klim in hulle karre. Terug by die huis trek ek my mensklere aan en gaan sit in die kombuis.

Wat het vandag gebeur? vra ek.

Dit was 'n spesiale dag, sê my ma, Dit gebeur net wanneer iemand die bloed roer.

Wat beteken dit? vra ek.

Alles gaan oor bloed, sê my ma, Alles is in jou bloed. Dit wat jy erf is in jou bloed. En dit wat jy rêrig is, is ook in jou bloed. En om van die een te ontsnap of die ander te laat wakker word, moet jy die bloed roer. Meneer Blignault met sy uniform het nog nooit nie. En die arme siel sal dus nooit weet van beter nie, maar hy is tien teen een gelukkig so. Meneer Fish het wel. Hy betaal 'n duur prys, maar hy is wie hy moet wees. Dis 'n baie spesiale dag.

(uit die *Combat*-verhoogproduksie, 2011)

Mercia

Wanneer ek tydens vakansies by my ouma en oupa gaan kuier het, het ons elke oggend baie vroeg ontbyt gehad by 'n lang tafel onder die akkerbome. Ouma het dik snye plaasbrood gesmeer met goudgeel botter en Oupa het sy eerste dop whiskey in sy koffie gegooi.

So sê Ouma een oggend, Het jy gelees van die dom enetjie wat so ontplof het?

Hy's nie dom nie, sê Oupa, Dis wat hulle doen, hulle is fanaties.

Fanaties is hulle beslis, sê Ouma, Maar jy moet baie dom wees om te bly staan nadat jy die lont aangesteek het.

Daar is nie meer 'n ding soos 'n lont nie, sê Oupa, Hulle druk nou net 'n knop.

Knop of lont, sê Ouma, Jy hol mos weg.

Waar hol hy heen? sê Oupa, Die bom sit aan hom vas.

Dan's hy baie simpel.

Hy's 'n martelaar, sê Oupa, Dis sy oortuiging.

Ons is almal martelaars, sê Ouma, Maar as ons almal begin ontplof, hoe gaan die aarde lyk?

En dit was die eerste keer dat ek gehoor het van die selfmoord-mensies. Jonk en oud wat hulself opblaas met die hoop iets verander. Stomme wesens wat nie kan wegkom van die een ding wat iemand of iets in hulle binnekant kom plant het nie. Wesens wat uiteindelik tot niks meer vorder as 'n bloedkol op 'n sypaadjie of 'n dowwe foto op die nuus nie. Dis die eerste keer dat ek besef het ons is nooit veilig nie, elkeen loop met 'n ding in sy binneste en jy weet nooit wanneer die ding of die persoon ontplof nie.

In dieselfde skool as ek was 'n meisie met 'n vreeslike groot liefde vir wol. Haar naam was Mercia en sy was winter en somer bedek deur 'n trui. Alles aan haar was sag en wollerig, haar gesig, haar bene, haar stem en haar persoonlikheid. Haar gunstelingwoord was siestog en sy het gehelp waar sy kan, oumense, babavoëltjies, stadige kinders en straatkatte is versorg en gestreel, namiddae het sy kussings gestop en in die tuin gepak dat ryp vrugte saggies kan val. Sy het vir elke vurk vol kos om verskoning gevra voor sy gehap het.

Haar ouers was dankbaar vir so 'n dierbare dogter, maar ook hartseer. Hulle het geweet dié klas wollerigheid lei net tot 'n lewe as non of toergids, selde tot bevrugting, hier sterf hulle bloedlyn in 'n mis van sagmoedigheid. Daar was 'n paar oomblikke van hoop toe sy die aand gaan fliek het met Wynand Bolsteen, hy was die kitaarspeler in die Hervormde gemeente se poporkes, maar nadat sy mond-tot-mond toegepas het op 'n uitasem boemelaar, het hy haar net gaan aflaai.

Uiteindelik verlaat ons die skool en Mercia gaan kwalifiseer haarself as verpleegster. Met haar diploma en haar wollerige hart keer sy terug na ons tuisdorp, want daar ken sy reeds elke ellende by die naam en adres. Met haar wit uniform en plat skoene onderskei sy haar as die plaaslike engel. Geen vrotasem, vleiswond, bedpan, plastieklaken, koorspen, urine-sak, vals ledemaat, grootmensdoek, swelsel, groeisel, virus, epidemie of plaag skrik haar af nie. Dag en nag veg sy in die voorste linies van genesing en bring elke siel, willig of onwillig, terug na die lewe.

Maar soos almal van ons loop Mercia ook rond met 'n ding in haar. 'n Ding wat jy nooit sou vermoed as jy haar gangaf sien kom met 'n bak warm water en 'n waslap nie, 'n ding wat jy nie van sou droom as jy haar hoor neurie terwyl sy nog 'n roggelende oom afspons nie.

Mercia was haar lewe lank in 'n uniform. Van kleins tot matriek in wol, daarna in haar onvleiende engelgewaad. In haar vrye tyd was sy in haar pajamas, die amptelike uniform van elke eensame op aarde. Nooit was sy by 'n matriekafskeid, nooit was sy by 'n koshuisdans, nooit was sy die bruid in haar droomrok nie. Net een keer in haar lewe wou sy mooi lyk, haar optof in 'n deftige rok vir 'n spesiale oomblik, dit was die ding binne-in Mercia.

Na jare het sy genoeg gespaar vir 'n ontwerpersrok en ry met die trein stad toe. Daar loop sy verbouereerd tussen die massas mense, niemand groet nie, maar sy glimlag dapper van straatblok tot straatblok en beland uiteindelik voor 'n spoggerige afdelingswinkel. Twee treë binne die winkel word sy voorgekeer deur 'n brandmaer meisie met wimpers langer as dié van 'n kameelperd. Sy sleep Mercia tot by 'n toonbank en demonstreer byna dertig lipstiffies op haar maer arm. Mercia kies een in appelkoos en vra waar om te betaal. Die meisie sê sy betaal eers as sy klaar is met haar inkopies, soek net vir die teken. Mercia en haar lipstiffie klim op 'n roltrap en sweef tot by damesdrag.

Vir 'n uur lank dwaal sy deur 'n doolhof van blinkertjies, vere, kristal, pêrels en satyn. Aan die einde van 'n lang rak staan 'n pop. Aan die pop hang Mercia se droomrok. Dis grys, soos 'n ligte hoofpyn, gesny uit 'n onbeskryflike materiaal, iets tussen kwik, water en die vel van 'n vriendelike slang. Mercia snak na haar asem, dis mooier as die gedagtes van 'n baba, sagter as die drome van 'n oumens op morfien.

Met bewende hande sit Mercia haar geld op die toonbank. Nog 'n maer wese met wimpers verpak die rok in 'n blink doos met baie lint. Mercia weet uiteindelik wat geluk is en sweef tot op die grondvloer. Sy stoot die winkel se voordeur oop. Toe skree 'n alarm en twee mans in uniforms gryp haar aan albei arms. Sy vou haar vingers oop. In haar hand lê die lipstiffie.

Ek het net vergeet, sê sy, Ek is 'n verpleegster.

Hulle laat haar wag in 'n klein kantoortjie.

Ek steel nie, sê sy.

Hulle laai haar in 'n vangwa.

Ek dra nie eens lipstiffie nie, sê sy.

Hulle sit haar in 'n sel.

Dis baie ongesond sonder 'n venster, sê sy.

Twee dae later daag haar ouers op met geld vir borgtog. Saam met hulle is die predikant, die hoof van die hospitaal, 'n dokter, die dorp se polisie en 'n groepie geneesde pasiënte.

Sy's 'n engel, sê hulle vir die bevelvoerder.

Sy wil nie nou uit nie, sê die bevelvoerder, Sy sê hulle het haar nodig.

En dit was die waarheid. Binne 24 uur het Mercia twee hoere verbind, 'n bewaarder oortuig om koffie te los, 'n moordenaar reg leer asemhaal en 'n lesbiër oortuig handewerk sal haar uit die moeilikheid hou.

Blykbaar is Mercia nog steeds in die tronk. Sy's nooit gevonnis nie en dra weer haar wit uniform.

Baie mense hou aan om te sê, Siestog, sy bly 'n gevangene.

Ander sê, Los haar, sy's gelukkig so.

Ekself is nie seker nie. Sy't nog nooit daai rok aangehad nie. Wat beteken, soos die res van ons loop sy nog steeds rond met 'n ding in haar.

(uit die *Combat*-verhoogproduksie, 2011)

Die blootstelling van 'n kind bepaal die weë van sy volwassenheid en wanneer 'n mens kyk na die ontevredenheid, aggressie en behoefte aan geweld net by diegene in jou alledaagse omgewing, bly jy wonder wat hierdie mense in hulle kindertyd moes beleef of oorleef.

Ek het my hoërskooljare deurgebring op 'n dorp wat vreeslik trots was op sy ongelooflike lelike skoolgebou en sportgronde. Die tennisbane, atletiek en rugbygras het gestrek tot teen die horison. Feitlik elke week is daar 'n fondsinsameling gehou vir nuwe pale of stokke of nette of balle. Geen mens sou jou kon vertel waar hierdie obsessie vandaan kom nie, want tot vandag het daai dorp nie een sportheld of fiks leerling opgelewer nie. Maar die fondsinsamelings was groot geleenthede.

Ons gesin was altyd betrokke by poeding of koek – enigiets waar daar klapper of suiker teenwoordig was – en ons het ons dus verkyk as die Van Bron-vrou haar tafel kom opslaan het. Sy het gedroogde vrugte, heelgraanbeskuit en grootmaat ProNutro verkoop. Sy is bygestaan deur twee dogters wat gelyk het of hulle 'n lang droogte moes oorleef.

Kan twee mense so vaal wees? het my ma gevra, Tot hulle tande is grys. Waarmee voer daai vrou hulle?

En dit was die waarheid, die Van Bron-vrou was gesondheidsbewus lank voordat 'n dokter of 'n tydskrif ooit daaraan gedink het. Sy was mal oor slaai en gaar koring en het dit een keer per week aangevul met visballetjies. Sondae het sy haar gesin bederf met wortelsop, 'n konkoksie so sterk dit kon 'n teerpad vlek. My ma het gesê daai twee dogters sweet al vitamines, kyk hoe oranje is dit onder hulle arms. Dalk sou daar hoop gewees het as sy hulle mooier aangetrek het met 'n lint of 'n kettinkie iewers, daar moet darem iets wees wat jou onderskei van lewende hawe.

Die oudste dogter se naam was Eloise. Eloise van Bron was 'n stil, groterige meisie met 'n vierkantige ken, bultende boarms en spierwit haartjies op haar bolip. Haar hare was kort en effens krullerig, soos dié van 'n persoon wat gereeld werk met gif.

My ma het altyd gesê, 'n Mens kyk, en jy wil nie hardop sê wat jy rêrig dink nie, maar ek kan jou dít vertel, sy gaan nie tot trou kom nie, dit sal vir 'n man groter pret wees om in 'n slagyster te trap. Sy sal vir haar moet spuit of poeier of leer smile, geen vrou kan 'n besoeker ontvang as sy lyk of sy klaar haar eie landery geploeg het nie.

Die laaste fondsinsameling wat ek toe bywoon is vlak voor ons finale eksamen. Dis 'n groot, koorsige geleentheid. Nadat Belinda Edwards swanger geraak het weens 'n onderonsie op 'n paal-springmatras en nou haar eindeksamen moes skryf in 'n leë ver-trek by die munisipaliteit, het die skoolhoof besluit daar moet dringend 'n veilige stoor gebou word vir die skool se toerusting. Geen matras is ooit weer beskikbaar sonder toesig nie.

Langs my ma slaan die Van Bron-vrou en haar dogters hulle tafel op. Die Van Bron-vrou se gesondheidsreeks het intussen uitgebrei tot tuinbou en langs die beskuit staan haar eie insekdoder van gemmerbier en sterk tee, sakkies met komposwurms en klein keppies van kous om jou vye te beskerm.

Daai kouse was eers in daai familie se hartseer lieste, sê my ma, Kan jy dink hoeveel eensaamheid sit in daai lap, daai vy spring groen uit die boom uit.

So verneem ons tydens die aktiwiteite Eloise van Bron is goedgekeur by die polisiekollege, sy vertrek George toe net na die eksamen.

Wys jou, sê my ma, Daar's 'n plek vir almal. Blykbaar slaap daai spul in een saal. En dan word hulle weer losgelaat in die samelewing. Daar moet baie genade wees van bo.

So vertrek Eloise na George en ek na die universiteit waar ek myself heelhartig oorgee aan my studies en die versoekings van die regte wêreld. Vyf jaar later bel my ma een oggend vroeg en sê daar het 'n uitnodiging aangekom, my matriekklas hou 'n reünie.

Ek sê, Ma, net losers woon reünies by. Ek het niks verloor by daai klomp nie.

Jy moet gaan, sê my ma, Dinge is nie meer dieselfde nie, die hele wêreld gaan agteruit, jy moet onthou hoe dit was voor die val van die mens. En jy leer nêrens méér van die lewe as by 'n reünie nie. Baie van hulle is al getroud, een is dood en drie is werkloos. En Eloise van Bron is ook daar, Ma weet 'n vrou in 'n uniform is nooit 'n aangename ding nie, maar gaan maar. En eet ietsie vooraf, haar ma help blykbaar met die catering, koring blaas jou vreeslik op.

Die reünie was in die skoolsaal. Ek het deur die hekke gery. Daar was doringdraad boaan die heining, vullis in die tuin en rye stukkende ruite. Binne het dit nog gelyk soos voorheen. Ons het ongemaklik om tafels gesit en nie regtig geweet wat om te sê nie. Hermie Steenkamp het gevra of ek 'n meisie het. Ek het gesê ja, sy's net al jare vermis.

Toe't iemand vir my nog wyn gebring en toe't Eloise van Bron gesê haar meisie is ook in die polisie. Ek wou nog vra of sy 'n foto het, maar net toe het haar ma 'n bak slaai laat val en gegil iemand steel 'n kar buite.

Ons is almal by die deur uit. 'n Blou Fiat se deur het oopgestaan en 'n man was onder die dashbord besig met 'n draadjie. Ons het nie geweet wat om te doen nie, netnou het hy 'n geweer. Eloise het platgeval en soos 'n slang van die stoep af geseil. Toe het sy met 'n wawiel, 'n bollemakiesie en borsslag om die kar beweeg. Sy't op die man geduik en hom gewurg soos 'n oumens wat lanklaas 'n drukkie gehad het. Toe hy flou is, het sy hom geboei en ons het hande geklap.

Hy's deel van 'n bende, het haar ma gesê, Hulle regeer nou ons dorp. Jy sal nie dink dis dieselfde plek nie. Die Derde Wêreldoorlog het lankal begin. Hitler en Mussolini is dood, maar elke dorp het nou sy eie Generaal, 'n skelm ding wat nie werk het vir sy hande nie. Ons besef dit nie, maar ons buig elke dag voor 'n swernoot, 'n vals profeet, idioot, koolknol, slangspoeg, kotskoning, boktong, gewas, etterkop, gaargat, slakbrein, grootmond, hondgesig, vrotvel, voosvuis, windbal, pispot, liegbek, beesmis, satanskind, pitsweer, stinkjakkals, asemdief of moordenaar. Kom in, julle, die koring word koud.

Ek keer nog gereeld terug na my tuisdorp, gehawend soos hy mag wees, dis waar ek die eerste keer geleer het van onheil, maar ook van veiligheid.

(uit die *Combat*-verhoogproduksie, 2011)